私は聖女ではないですか。
じゃあ勝手にするので
放っといてください。

登場人物紹介
シシィ
王都守備隊の隊長の一人。アンジーと一緒にいることが多い。
アンジー
王都守備隊の隊長の一人。知能派で、シシィと二人で誰かをからかうのが好き。
ミリィ
王都守備隊の隊長の一人。気は強いけれど優しい。エアを妹のように可愛がる。
フィシス
王都守備隊の隊長の一人。しっかりしているようで、どこかボケている。
エア
異世界に召喚された日本人のOL。けれど、すぐに追放されてしまったため、この世界で好き勝手に生きていこうと決意。自分にエアという新たな名前を付けて冒険者となる。

エリー
手練れの冒険者。
エルフで風の属性を持つ。
オーラム
精霊王。
エアに信頼を寄せる。
シェリア
商人ギルドの
ギルドマスター。
レイモンド
エアを召喚させた
この国の第二王子。
残念なハンサム。
ユーシス
宿屋の息子でマーレンの兄。
年の割には大人びている。
マーレン
宿屋の息子。
やんちゃで人懐っこい。

序章

「ただいま。お帰り。今日もお疲れさま。……私」

誰もいないアパートの一室。

家に帰ると、家族で住んでいた頃のクセで口から出てくる「ただいま」。

その言葉に返してくれる人たちは、すでに記憶の中にしかいない。

一人になって、初めて知る『家族の温もり』

靴を脱いで玄関に立ちつくしたまま、感傷に浸っていると、それを引き裂くように響いた緊急アラーム音。

確認する間もなく、低い地響きと共にぐらりと身体が揺れた。

❀❀❀

「やったー！」

「成功したぞ！」

気が付くと、私は見知らぬ場所でうっすらと光る床に座り込んでいた。

目の前にはマントを身につけた男女が二十人近くいる。壁側に並ぶ半数の人々がフードを頭からスッポリとかぶっているが、ある者は拳を突き上げて雄叫びをあげ、ある者は涙を流しながら抱き合って喜んでいる。

ほとんどの人がこちらを見てない。

「な、なに？　一体なにごとなの……？」

「ここはどこ……？」

私の呟《つぶや》いた声以外に可愛らしい声が聞こえた。

左手を振り向くと、茶色いふわふわした髪の可愛い少女が目を丸くして、私と同じように座り込んでいた。

アイドルになれるくらい可愛い。……あれ？　周りの人たちと違い、私と同じ日本人に見えるけど？

目の前で騒いでいる人たちも日本語を話している。

じゃあ、ここは『日本』のどこかなの？　でも周りの人たちの髪は赤色や青色、緑色をしていて、とても日本人には見えない。

少女も戸惑った様子で私を見返していた。

「あなたも地震で？」

「はい。あなたもですか？」

「ええ。……揺れた直後に周りが眩《まぶ》しく光って」

「わ、私も同じです！」

不思議なことに、意味のわからない状況に立たされていても、『同郷の人』がいるだけで安心できる。

「『聖女』の召喚が成功したとは真《まこと》か」

若い男の声がして、騒いでいた人たちが一瞬で黙って頭《こうべ》を下げたまま、左右の壁へとわかれた。

「はい。此度《こたび》の聖女様は、お二人にございます」

「なに？『二人』だと？」

漫画やアニメ、ゲームなどで『貴族』という肩書を持つような、身なりと存在感の青年が私たちの前に歩いてきた。

咄嗟《とっさ》に、私の後ろに隠れる少女。

確かに値踏みをするような目つきでジロジロ見られたら不快になるし、はっきりいって怖い。

私は、もともと彼女の盾になるような位置にいて、隠れる場所もないため威嚇《いかく》するように睨《にら》みつけていた。

その態度が青年の気に障ったのだろう。

「聖女は一人でいい！　そっちの女は聖女ではない！」と言って、私の後ろに隠れている少女の腕を掴み、無理矢理引き摺《ず》って部屋から出て行こうとした。

「いや！　助けて！」

「何するんですか！」

思わず少女に手を伸ばして引き戻そうとしたが、マントの人たちが両側から私の腕を掴み、必死に制止する。

「おやめください！　あの方はこの国の第二王子レイモンド様です」

「この国では、女の子の腕を掴んで床を引き摺《ず》って歩くのが『正しい作法』なのか！」

私の怒鳴り声で、周りが一斉に身体をビクンッと震わせる。

レモネードだか腐ったレモンだか知らないが、『この国の王子』とやらは私を見て鼻で笑った。

そして「この私は何をしても許される」と言い切り、そのまま少女を引き摺《ず》って出て行った。

「こっの！　腐れ外道があああ！！！」

怒《いか》りにまかせて両腕を振ると、右腕を掴んでいた少年の手が外れた。

私はそのまま左足に体重をかけて腰を捻《ねじ》る。すると、左腕を掴んでいる青年の顔面に握りこぶしがクリーンヒットした。

顔面を強打された青年は後ろに……床に後頭部を打ち付けて倒れ、気絶していた。

……おかしい。

私はごく普通の一般人だ。学生時代でも、体育の授業で柔道などの武術を習ったことはない。

自慢ではないが体力測定は平均以下だったし、持久走でも最後から数えた方が早かった。とりあえず、泳いだりスキップしたりはできるから運動オンチではなかったが。

そんな私が、大人の男性をノックアウトなんてできるはずがない。しかも、素手で殴った右手は全然痛くない。

それに加えて、身体が軽い。

重力はあるのだろう。でも、日本とは重力が違うのだろうか。まるで肩こりが急に消えたように、身体が軽いのだ。ここは異世界なのだろうか……。そんな気がしてきた。

この世界のことや自分の身体のことを考えていたが、ふと気付くと周囲の人たちは青ざめていた。

私が発揮してみせた馬鹿力に怯えているのだろうか。

ゲス王子が言った「聖女は一人でいい」に対して、私をどう対処するか困っているのか。

クズでゲスな王子が部屋を出て行く時に、扉近くにいた年配の男性に「あの女を早く城から追い出せ」と下した命令を、いつ実行しようか悩んでいるのか。

とりあえずわかっていることは、連れて行かれた少女は『聖女』として、一応は大切にされるのだろう。だったら、彼女のことは心配しなくてもいい。

だったら、私がすることはただ一つ。

必要ではないと言われたのだから、いつまでもここにいなくていい。

たとえこの世界がキケンな世界だとしても、こんな不愉快な場所には一分一秒も居たくはない。

「よし。決定！」

私はそう独り言を漏らすと、この部屋唯一の出入り口であろう扉へと向かった。

「お待ちください！　一体どちらへ……」

「ああ？　そんなこと、アンタらには関係ないでしょ！」

「レイモンド様の失礼はこの通り、我々が謝罪します。ですから……」

「アンタらの謝罪に、なんの価値があるの？」

私の言葉に全員の動きが止まった。

これははっきり言わないとわからないのかな？

「たとえ、私に謝罪する相手が国王だろうと神だろうとね。本人が反省して頭を下げて謝罪しなければ口先の出まかせと同じ。意味がない」

「あの……。せめて、部屋をご用意いたしますので、本日はそちらでおやすみを」

「必要ない」

「ですが！」

「私の存在を拒否しておいて今さら。用意した部屋で『永遠の眠りを与える』っていう魂胆《こんたん》かな？」

「いえ！　そのようなことは決して！」

「よっく言うねぇ～。そっちの人は『早く城から追い出せ』って言われてたじゃないですか」

私が嘲笑《あざわら》うと、『ゲス男《お》』に命令された年配の男性が目を見開く。

そして、引き留めようとしていた人たちに「それは本当ですか！」と口々に問い詰められてたじろいでいる。

「はいはい。ホントホント。私に聞こえるように言って出て行くなんて、根性腐ってる証拠だよね～」

私の言葉を聞いて誰もが震えている。

この国の王子を悪く言えば、普通は『不敬罪』確定だよねぇ。

このまま宛《あ》てがわれた部屋なんかに泊まったら、冗談抜きで明日の朝日《こ ろ さ れ る》は拝めないわ。

「さあ、そこを退《ど》いて。『追い出せ』とまで言われたんだし、私もこんな場所にいつまでも居たくないんで」

「いいえ。このまま聖女様を」

「その私を『聖女ではない』と宣言して、城から追い出すように命令したのは誰！　この国の王子だろうが！！！」

人がせっかく、気持ちを落ち着かせて穏便に事を済まそうとしているのに……

さらに腹が立ってきたから、もう一人か二人、もしくは全員をぶん殴って出て行こうかしら。

そうなれば、傷害で前科者《ぜんかもの》だね。でもさっき、怒《いか》りに身をまかせて一人をのしちゃったから、すでに手遅れかな〜。

だったら、連中の身につけている物を奪い取って、当座の資金源にでもするか？

いや、慰謝料にしては少なすぎるか。まあ、この世界の聖女がどんな立場で、どんな能力を持っているかは知らんけど。

いやいや、わざわざ異世界から攫《さら》って来るんだから、それ相応なのだろう。

でも『聖女失格宣言』をされたことだし、この国のために何かをするつもりはない。

必ず復讐してやる！　でもまずは『自由』を勝ち取るために、ここから出て行こう。

第一章

「わあ。やっぱり城下町は活気があって賑やかだな～」

私が出て行こうとしたらしつこく引き留めてきた。

そこで交渉という名の脅しをかけたら、多額の金銭と身分証、そして『収納ボックス』というものをもらった。

うん。もらった、で合ってる。

私が要求したのは無理やり召喚された上に、繰り返された非礼な王子の態度に対する慰謝料と、生きていくのに必要な身分証。

拒否されたら、今度は蹴りの威力を試すつもりだった。

「少しでも私に悪いことをしたと思ってるんなら、口で詫びずに行動で示せ！」

そう怒鳴りつけたら、すぐに用意すると言ってくれた。

待っている間にここにいる人たちから、『この世界の仕組み』を教わった。

この世界の基本的な常識を知らないと、私の常識と照らし合わせて判断ができないし、私が今まで培《つちか》ってきた常識がどこまで通用するかわからなかったから。

……いくら「旅の恥はかき捨て」と言っても、さすがに「非常識で不作法《ぶさほう》な人間」にはなりたくない。

私に非はない。異世界に強引に連れて来られた私はただの被害者で、この世界の人たちが私に合わせるのが当たり前。そう考えるなら、このまま宛てがわれた部屋で悲劇のヒロインづらして、いつ殺されるかわからない状態で過ごせばいい。

でも私は飼い殺しにされることより「自由に生きる道」を選んだ。きっとどこへ行ったとしても、聖女と認められて連れ去られた彼女を意のままに操《あやつ》るための人質として扱われるのだろう。聖女であるはずの私を追放するのも、私が必要になれば今度は彼女を人質として私を呼び戻せると考えているからだ。

そんな足枷《あしかせ》のような存在に、私はなりたくなかった。


この世界には日本のゲームにある「ステータス」というものが存在している。異世界から来た私でも「ステータス」と念じるだけで確認できるらしい。

そして生まれた時に作られる身分証さえ所持していれば、この世界では何でもできる。それこそ宿泊代の支払いも物品の購入も。銀行のデビットカードみたいな機能がついているそうだ。

残念ながら、この世界には銀行やゲームにある現金預かり所はない。

だからその機能を使うには、収納ボックスを購入してその中に所持金を入れておく必要がある。

ちなみに、身分証を拾った人物が勝手に使おうとした時点でロックがかかるらしい。身分証の機能自体にも使おうとした本人にもだ。身分証は本来の所有者の手元に戻れば、そのまま手続きなしで使える。

そして無断使用者は、身分証から縄が飛び出して一瞬でミノムシ状態にされる。貴族の身分証を無断使用した場合、それだけで処刑対象となるらしい。

普通に考えれば、身分証なんだから他人が使えないのも当然だな。

そして、落とし物は拾ったら近くの交番へ、ではなく『守備隊』の詰め所へ。

この世界には、町や村に警察のような機能を持つ守備隊がある。その頂点に立つのが『王都守備隊』で、守備隊を管理しているのが王城にある『管理部』だ。管理部は町や村の役場《やくば》に支所が必ずあり、そのすべてを管理していて、身分証もそこで発行されるらしい。

そして、異世界から渡ってきた聖女でも練習すれば魔法の取得も可能。

本を読んで練習すればいいようだ。

この世界に来た時から言葉は通じているが、はたして文字は読めるのだろうか？

そう聞いたら、聖女は読み書きは問題なくできると言われた。では魔法の本を買って読んでみよう。

冒険者ギルドに商人ギルド、各種の職人が在籍する職人ギルドもある。

『犯罪ギルド』なんていう物騒なギルドも存在しているそうだ。そんなものを野放しにしてる時点で、この国には救いがないな。

そして、通貨の単位は『ジル』。貨幣は銅貨・大銅貨・銀貨・大銀貨・金貨・大金貨。貴族や商人などの大金持ちになると、その上に白金貨・白大金貨と続くお金が使われる。

ちなみに、上の貨幣にランクアップするのは十単位ずつらしい。それでいくと、大金貨は銅貨十万枚分になる。たとえば支払いが二十八ジルなら、大銅貨二枚と銅貨八枚となる。

私なりの解釈だけど『一ジル＝一円』と考えることにした。


帰宅直後の私が、この世界に持ち込めた荷物は背負ったままだったリュックの様々な中身。

その中からメモ帳とボールペンを取り出して、その場で聞いたことを書いていった。

検証は後で十分。時間はタップリある。

もちろんジャマが入らなければの話だ。

あとは、太陽光発電式の携帯充電器が、この世界の太陽光でも使えるかどうか……

充電が可能なら、カバンの中に入っているスマホやタブレット、キーボードが使える。

普段から重い荷物を持ち歩いていたため、通勤では可愛げのないビジネスリュックを使っていた。

リュックにはトートバッグと可愛いだけで必要最小限しか入らない小型のリュックも入れている。

お得意さんへの訪問時など、仕事内容にあわせて車内で、カバンを取り替えていたから、不必要な物を持ち込まないという訪問時のマナーに問題はなかった。

重たいだけで、無用の長物《ちょうぶつ》となるかもしれないのだが……

使えるからといって特に何がしたいという訳ではない。でも、使っていたものがそのまま使えたら便利だろう。そばに元の世界の使えるものがある。それだけでも私には『心の安寧《やすらぎ》』となるだろう。私はこの世界で存在自体を否定されて、城を追い出されるのだから。

説明の途中で布製の肩掛けカバンを贈られた。

日本にある帆布製の肩掛けカバンと見かけは変わらない。これが、この世界では一般的な収納ボックスだそうだ。無限に収納が可能とのこと。

自分のステータスに『持ち物』として収納ボックスを登録してしまえば、ほかの誰も勝手に見たり取り出したりできないらしい。

試しに「ステータス」と心で念じると、目の前にV・R・G《ヴァーチャル・リアリティ・ゲーム》のステータス画面に似たものが現れた。

私の名前がグレーになっていて、後ろに『非表示』と書いてある。

……私の存在が否定されたせいだろうか。

とりあえず、持ち物の中に、収納ボックスという単語がグレーで表示されていた。それに触れると、文字がグレーから白色に変化した。

……ゲームだと、これで使用可能になっているはず。

ずっと背負っていたリュックを下ろし、「コレを収納ボックスにどう入れるのか」と尋ねたら、対象物に手をかざして『収納』と念じるだけだった。

教えられた通り、リュックに手をかざし『収納』と思っただけで、目の前にあったリュックは一瞬で消えた。ステータスのホーム画面に現れたカバンのアイコンに触れると、今入れたリュックとその中身がイラスト入りでリスト化されていた。

取り出す時は、画面に触れるだけで任意の場所に現れるらしい。

説明を受けている間に、銀色の薄くて小さな板とお金が入った袋が届いた。銀色の板、というか免許証に似た大きさの薄い鉄板が身分証だった。

さて。聞くことは聞いたし、お金も貰ったから長居は無用。

これ以上、面倒に巻き込まれる前に、サッサと出て行こう。

お城の出入り口まで案内してもらい、最後に礼だけ言って出てきた。

そうそう、私は靴下だけで靴を履いていなかったが、リュックの中にスニーカーを入れていたので、今はそれを履いている。

日本は自然災害の多い国なので、非常時用にスニーカーをリュックに忍ばせて……ではない。会社帰りに靴屋さんに寄って新しい靴を購入していた。箱は店で引き取ってもらい、中身だけ購入者用の専用袋に包んでもらったのを、リュックに入れて帰ってきたのだ。

まさか、こんな形で役立つとは思わなかった。

靴屋さんのワゴンセールに感謝だ。

家に帰った時はすでに夜だったが……。今はまだ夕方に近いのだろうか。空は夕焼け空独特の赤色と夜らしい紺色が混ざっている。

自分の体内時計では日付が変わるかどうかってところだ。そのため「朝と間違えていないか？」と自問自答したが、お城の前にある広場で開かれている屋台に並ぶ人々の表情や着ている服がすでに『お疲れモード』だった。

この世界の一日は地球と同じ二十四時間だが、ひと月は二十四日だと説明で聞いた。

そのため、太陽光パネルのついた防水機能付きの腕時計がそのまま使える。

お兄ちゃんが使っていた『ごっつい腕時計』が、異世界でも通用するよ。

それだけで……私は一人ぼっちじゃないって勇気が湧いてきた。


これはゲームの設定と同じと考えてもよいのだろうか。

木の板にベッドの絵が描かれた看板を掲げている建物がいくつもあった。ゲームではこの看板は宿屋だ。ほかにもジョッキに泡の看板が酒場で、剣が武器屋、盾が防具屋に、シャツ……っぽいのが装備屋？　とりあえず拠点確保が先決だ。

お金を袋のまま収納ボックスにいれたが、ステータスではどの硬貨が何枚あるのかを仕分けて表示してくれていた。両替機能も備わっているそうなので、銅貨や大銅貨ばかり使っていても困ることにはならないらしい。

城で渡された袋には、白金貨や白大金貨も結構な枚数が入っていた。私の解釈では、一枚で百万円の価値をもつ白金貨に、同じく一千万円の価値を持つ白大金貨。

ステータス画面にしっかり『所持金』の表示もあるけどね……。あっさり億万長者を超えている。兆の上に存在する『京《けい》』という単位まで届いちゃっているよ。

そんなの、通帳でも仕事の見積書でも見たことがない。

正直、このまま『平和な国』へ渡って、一軒家を購入して寿命が尽きるまで遊んで暮らすことも可能だと思える金額だ。

人の様子を窺いながら見て回る。ふと上を見上げると、ベッドと一緒にフォークとスプーンが並んだ絵が描いてある看板を見つけた。レストランが併設されているのだろうか。美味《おい》しそうな匂いがしてお腹も鳴った。

……部屋、空《あ》いてるかなー？

お腹も空《す》いたから、部屋が取れなくても食事だけはしたかった。

扉を開けると四人掛けのテーブルが八卓。右に三卓、左に五卓。扉からカウンターまでは通路になっているのか空間が空《あ》いている。

「すみません。泊まりたいんだけど部屋は空《あ》いてますか？」

「はーい。空《あ》いてるよ。何泊しますかぁ？」

カウンター内の扉から声がして、カウンターに顔を出したのは小さな男の子。小学生……より幼い。幼稚園の年長組くらいだろうか。踏み台に乗っても背が足りないようで、カウンターの端をつかんで必死に背伸びをしている。

「こら！　マーレン！　ママの邪魔したらダメだろ！」

「邪魔してるんじゃないよー。ママのお手伝いだもん！」

男の子よりは年上、それでも少年の枠に十分入っている男の子が、カウンターにいる子に注意している。

「すみません。最近、弟は親のマネをしたがってて……」

「大丈夫です。ちゃんとママの代わりができていましたよ」

「ほらー。僕だってできるんだもん」

私の言葉に自信を持ったようで、叱られた男の子は小さい胸を反らせて自慢気にしている。イタズラ心でちょっとだけイジワルな質問をしてみた。

「お金の計算は？」

「……まだ」

「アラ？　ここの宿屋さんは『宿泊料金は無料《タダ》』なのかしら？」

「そうなったら、マーレンの小遣いから支払ってもらうよ」

「えー！！！　ダメだよ！」

「じゃあ、まずは計算ができるように勉強しないとな」

「ユーシス、マーレン！　あなたたち、お客様の相手をしないで何をしているの！」

「うわっ！　ごめんなさい！」

奥の扉から出てきた女性の声に、跳《は》ね板を潜《くぐ》ってカウンターから慌てて逃げ出す兄弟たち。

その後ろ姿を呆れてみていた女性が「すみませんでした。ご宿泊でしょうか？」と聞いてきた。

「ええ。まだ部屋が空《あ》いているか確認しただけです」

「そうですか。部屋なら空《あ》いております。何泊されますか？」

「宿泊の延長は可能ですか？」

「はい。大丈夫ですよ」

「しばらく滞在したいのでひと月でお願いできますか？」

「食事は付けられますか？　朝晩だけで、昼は別料金となりますが」

「ええ。お願いします」

「はい。それでしたら一泊三千ジル。二十四日分となりますので、合計七万二千ジルになります。お支払いは現金ですか？」

「身分証支払いでも構いませんか？」

「はい。承《うけたまわ》りました」

コンビニでみかける、タッチ端末みたいなものに身分証をかざすだけ。ツルツルすべすべの石でできていて電子マネーで支払いをしている気分だ。違うのは『支払い完了の音』が鳴らないくらいか。

部屋の扉には番号が振られていて、身分証がそのままルームキーとなるらしい。

……日本より進んでいるかもしれない。


夕食ができた直後だったらしく、「すぐ食べていくかい？」と聞かれて、この世界で最初の食事を取ることにした。

メニューは野菜がゴロゴロ入ったコンソメスープとパン。何の肉かわからないけど、味が鶏肉に近いお肉の照り焼き風。

味は結構好みだった。うん、日本と近い味だから、この先も食事が楽しみだ。

料理を堪能《たんのう》しつつ、味を確認していく。塩や胡椒《こしょう》もあるし、照り焼きの味から醤油や砂糖もありそうだ。

収納ボックス内は時間が停止するから、自分で料理をする時のために、調味料を大量に買い込んでおこう。


夕食に満足して、階段に向かう。

朝食は六時から十一時まで。多少寝坊しても遅めの朝食《ブランチ》として提供が可能と聞いたので、日本のホテルや旅館みたいに早起きしなくても良いのが嬉しい。

私が部屋へ向かう時、兄弟たちはカウンターに並んで早めの夕食を食べていた。食堂は十八時頃から混み出すため、そのお手伝いをするそうだ。

弟くんはキッチンで皿洗いをするらしく、「綺麗に洗えるよ！」と自慢していた。ピカピカに洗えたら、一日分のお手伝い代三ジルに追加して二ジルが貰えるらしい。食事時の皿洗いが一回一ジルという計算なのだろう。


私に割り当てられた客室は五番だった。

一から五番まではここの二階。それ以外が裏の別棟《べつむね》だそうだ。ひとり部屋は、安全のために受付に隣接する食堂の上になっているらしい。

食事のお礼を言って、カウンター右横にある階段から二階へ上がる。

手前の客室が一番だったから、私の部屋は廊下の突き当たりだ。

扉のノブに薄型のタッチ端末がついていて、そこに身分証をかざすとカチャリと音がした。解錠されたのだろう。そのままレバーハンドル式のノブを下げると扉が開いた。一歩部屋に足を踏み入れると、パッと室内の明かりが点《つ》く。中に入って扉を閉めると、またカチャリと音がして鍵が締まった。

オートロック式のようだ。

室内は少し広めのベッドに、ゆったりめの二人掛けのソファーとローテーブル、窓際には机が置かれていた。日が暮れたため、今日は外を出歩くのをやめて、明日の朝から買い物をしよう。

窓に近付くと、通りに面しているからか、周りの建物の窓から明かりが見える。しかし、中を窺《うかが》い知ることはできなかった。

この世界に関わってまだ短時間だけど、その感想は、街並みは中世ヨーロッパなのに、システムは日本より進んでいるみたいだ。

窓もカーテンがかかっていないのに室内が見えないのは、窓かガラスに魔法が掛けられているのだろうか。窓の下に目を移すと石畳《いしだたみ》の街道を行く荷馬車が見えたが、馬車の音も室内には聞こえてこない。凹凸《おうとつ》で揺れるだろう荷台自体、少しも揺れていないようだ。

明日、買い物に出かけるのだから、この世界について聞いたことを一度整理しておこう。

机の前の肘掛け椅子に座り、メモ帳を取り出す。

一日二十四時間。ひと月二十四日。一年十五ヶ月で三百六十日。

日本と比べると五日少ないくらいか。

週は六日。曜日に名前はなく普通に『一の曜日』『二の曜日』と呼び、『一週目の六の曜日』の次が『二週目の一の曜日』となるらしい。

スケジュール帳にあるカレンダーは使えないけど、ノートパソコンが使えるなら、それでこの世界用のカレンダーを作ればいい。もちろん、太陽光発電が使えるなら、の話だ。

じつはリュックには携帯プリンターも入っている。

契約内容によっては、その場で契約書を作成することもあったからだ。

会社で支給されている携帯プリンターはインクジェット式だから、紙さえあれば印刷できる。

重いし嵩張《かさば》るけど、移動は車で基本はリュックだから、持ち歩いていた大量の予備カートリッジも、今になると役に立ちそうだ。

カラーインクは難しいかもしれないけど、黒インクなら、イカの墨でも代用できるかもしれない。お金はあるから宝石を購入してもいいだろう。その宝石から顔料を作ってカラーインクにする方法も教わったから『なんちゃってカラーインク』が作れるかな？

取引先で工場見学をして得た知識が、異世界で役に立つとは……

ちゃんと工場見学をさせてもらっていて本当に良かった。まあ、私の場合は『もの珍しい』から、興味を持ったんだけどね。

昨日は結局、荷物の確認をしたらそのまま朝までグッスリ眠ってしまった。

目を覚ましたら知らない部屋。そんな経験……あの、たくさんの人たちの生活も生命も奪った大きな自然災害以来だ。家族も、親戚も、故郷も、思い出も。すべてを喪《うしな》った。そして今度の地震で、私は『帰る世界』すら奪われてしまった。

ピピピッピピピッ。

左手首にはめているお兄ちゃんの腕時計から機械音が鳴った。時間を確認するといつも起きている時間だ。

『ほら起きろ。朝だぞー。今日もいい一日にしたいなら、ちゃんと朝起きて美味《おい》しいご飯を食べろ。それだけでいい一日のスタートが迎えられるぞー！』

お兄ちゃんがいつも言ってたっけ。

良かった。腕時計のアラームをそのままにしてて。

「うん。お兄ちゃんの言う通りだよね」

『一日はみんな同じ。だから、起きるのが遅ければ一日がそれだけ短くなる。そんなのもったいないじゃないか』

就職直後の休日に、生活のペースを崩しかけた私を部屋まで必ず起こしに来て朝食を一緒に食べていた。朝食を食べれば眠気も飛んでいく。日中はゆっくり過ごし、時間通りに昼食も夕食も家族みんなで食べて一日を終える。そんな日々を続けて身体が慣れたのか、休日の朝でもちゃんと起きられるようになっていた。

リュックの中にあるブラシと折り畳みの鏡を取り出して、髪を梳《す》く。

今日の買い物で、洋服などの着替えも購入しなくては。

ウェットティッシュで顔や全身を拭く。ドライシャンプーで髪も洗う。

……色々と買い物が多そうだ。

収納ボックスがあって助かった。そうじゃなければ、宿まで一体何往復する羽目になっていたか。

身支度を整えて、買う物を確認してから下へ降りる。

「お姉ちゃん！　おはよう！」

真っ先に私に気付いたのはマーレンくんだった。

ユーシスくんも気付いて駆け寄ってきた。

「おはよう、二人とも。朝からお手伝い？」

「うん。今ちょうど空《あ》いたところだよ」

「すぐにテーブルを片付けるから待ってて」

すぐに一卓を片付けに行った兄弟の様子をカウンターにもたれかかって見ていると、

「見ン顔だが、昨日ウチに泊まった客か？」

と背後から男性の声が聞こえた。

振り向くと『筋肉ムキムキマン』が立っていた。

「とーちゃん。お客様に失礼だろ」

彼の後ろから、昨日のママさんが手拭《てぬぐ》いで手を拭きながら出てきた。ということは、このムキムキマンは『パパさん』だろう。

「おはようございます」

「ちょうど空《あ》いたところですよ」

「そうみたいですね。すぐに片付けるから待っててと言われました」

「お姉ちゃ～ん！　ここのテーブル、綺麗にしたから使えるよー」

「ありがとう」

私が手を振って礼を言うと、「座っててくれ。すぐに出す」と言い残してパパさんは扉の奥へ入っていった。

「すみませんねー。不愛想で」

「いえ。不器用なだけだと思います。職人気質《かたぎ》なんでしょうね。別に気にしていませんよ。声に敵意や悪意は感じませんから」

そう言って、兄弟が片付けてくれたテーブルへ向かった。

朝食はコーンクリームスープ、トーストと目玉焼きにベーコンとソーセージ、生野菜のサラダ。そしてフルーツの入ったヨーグルトにコーヒー。まるで日本のビジネスホテルのモーニングだ。

サクッと完食して、別のテーブルを片付けている兄弟に「ごちそうさま。ここの片付けもお願いね」と伝えて宿を出る。

「アンタたち！　お客さんが食事してる横で『掃き掃除』なんかして！」と兄弟を叱る声が聞こえ

た。それも仕方がないだろう。逆に客の私がその場にいたら、叱れないだろうし。兄弟にしてみたらその方が良かっただろうが、これも『客商売』のマナー。それも飲食店だ。失礼極まりないだろう。兄弟も『いつもやっていることをしただけ』だろう。ただ、今日は客《わたし》がいたため、いつものようにテーブルの片付け後に掃き掃除を始めてしまったのが失敗なのだ。

それに、同じことを繰り返してしまったら、評判ガタ落ちで閑古鳥《かんこどり》が一体何羽巣作りをするだろう。

それを未然に防ぐためにも、しっかり叱られて反省してください。


八時を過ぎて、露店や屋台は賑やかだった。どの店も八時三十分から開いているようだ。

前日見かけた、開いた本の絵が描かれた看板を掲げるお店に足を踏み入れた。

店内に入ると紙独特の匂いがした。図書館の中にいるようだ……とは思わず、私は古書店をイメージした。私は紙の匂いが好きだ。だから嬉しかったが、紙の臭いが苦手な人もいる。

…………感じ方は人それぞれ。十人十色だ。

円柱の建物の壁に沿うように造られた螺旋状の本棚には、たくさんの本が並んでいる。お金を出してでもここで一泊したいくらいだ。

そういえば、そんなイベントが水族館であったな~と思い返しながら、手近にあった一冊を手に取る。背表紙には『せいかつまほうぜんしゅう』と書かれていた。

そう。この世界の言語は『ひらがな』と『カタカナ』で表記されているのだ。

お城で「聖女は読み書きができる」と聞いていたとおりだ。

パラパラと本を捲《めく》ると、文章には句読点が全くなかった。代わりに読点は一文字、句点は三文字空《あ》けるか改行をしている。読み辛いが読めない訳ではない。全く読めないよりはマシだ。

『しょきゅうまほうぜんしゅう』の横には中級と上級の魔法全集も並んでいた。『しょうかんじゅうずかん』も見つけた。召喚獣だけでなく、妖精などの召喚魔法で召喚できる生物が絵入りで詳しく載っていた。

それらを手に、カウンターへと向かう。

カウンターの後ろに座っていた店番らしいおばあさんが、分厚い本を三冊積み上げてニコニコしていた。

「買う本は決まりましたか?」

「はい。この五冊をお願いします」

「はいよ。見かけん顔だけど、王都は初めてかな?」

「ええ。昨日着いたばかりです」

『この世界にね』という言葉を心の中で追加した。

「全部で二万二千八百五十ジルになるが。支払いは身分証でいいのかね?」

「はい」と言って、身分証をカバンから取り出す。

収納ボックスであるカバンは本来の使い方もでき、身分証は内ポケットに入れて取り出しやすくしている。ちなみに、ほかの人がカバンの中を見ても、空にしか見えない。

カバンを盗んでも、所持者が『持ち物』に登録していれば、引っくり返しても埃一つ出てこない。

だいたい、身分証の不正使用で逮捕確実・牢屋確定・下手すりゃ処刑のトリプルコンボだ。

そして、端末で代金を支払って気付いた。

お店に現金を置いていれば強盗に狙われる。それなら現金のやりとりをなくせば、その被害も少なくなるのではないだろうか。

「初めてこの店で買い物をしてくれたお礼に、この三冊をオマケにつけてあげようね」

「え？　いいんですか？」

「これらはいずれ役に立つだろうからね」

一番上に置かれていたのは『やくそうずかん』だった。

たしかに、役に立ちそうだ。

「ありがとうございます」

「良い冒険生活を」

「はい」

収納ボックスに購入した本やオマケでもらった本をしまって、私は本屋を出て振り返った。

二階建ての高さの建物と同じ高さの円柱の建物。しかし、中は壁に沿って螺旋状になった本棚が十階以上はあった。空間魔法が使われているのだろうか？

次に入ったのはシャツの絵が描かれた看板のお店。

普通の服から鎧《よろい》まで多種多様な服が揃っていた。市民の服と鎧《よろい》などの装備品は分けて飾られている。鎧《よろい》はいかにも重そうで私には無理だ。特に深く考えず、実用性を重視した服を店内カゴに放り込んでいく。ズボンも靴も。もちろん下着類も忘れず、大量に取ってかごの中へ。服は一着三百ジルが平均価格。下着類は三着セットで百ジル以下だ。

そのまま装備品を見ていく。

カーディガンやポンチョにコート、コーディガンやマントまで、上着が各種揃っている。

これらが装備棚にあるのは、防汚や防滴などの効果が付いているからだろう。

下着にも同じ効果があったから、旅行者や冒険者のためだろうか？

日本に点在する安価な衣料品店の名前がいくつも頭を過《よぎ》る。この世界にも工業技術があって量産できるのだろうか？　小説や漫画などの創作世界では『魔法と科学は共存しない』という設定が多いが、この世界では違うのだろうか。

そういえば城の説明で「商業ギルドがある」と言っていたな。だから安価で売れるのだろうか。

頭で色々と考えつつ、手は目につくものを見境なくカゴの中へと詰め込んでいく。

ある衣料品店の大型創業祭で、何も考えずに定価よりはるかに安い洋服や靴、雑貨を手当たり次第に買い物用の透明バッグに詰め込んで、会計で万を超える金額になったことを思い出した。

今の時点で、すでにカゴに入らない服は腕に掛けているけど、合計金額はまだ万を超えていない。

本格的な装備品、例えば鎧《よろい》なら一着数千ジルだけど、市民も使える上着は八百ジル以下なのだ。

「一度に買うなよ。バカだな、俺の妹は」

そんな兄の言葉が脳裏を過《よぎ》る。レジで会計中の私に「偶然見かけた」と言いながら近寄ってきて、自分の買い物と一緒に支払ってくれた優しいお兄ちゃん……

思い出したら知らないうちに涙が溢れてきた。

……ダメだダメだ。これはまだ『未会計』だ。

いくら買うつもりでも、商品を涙で汚してはお店の人に失礼だ。

右腕で擦《こす》って涙を拭《ぬぐ》う。深呼吸して、気持ちを落ち着かせてから店内を見回す。ひと通り欲しいものは選んだつもり。足りなければ追加で買いに来ればいい。

バカな連中に見つかって、王都から追い出されるかもしれないけど。

その心配があるから、せっせとまとめ買いをしていたのだ。

ドッサリと商品をレジに載せると、店員さんたちは一人が手際よく畳んで、もう一人が計算していく。

「合計で七千八百八十ジルになります」

「身分証でお願いします」

「はい。ではこちらへお願いします」

端末に身分証を載せると、石は青色から緑色に光る。これは宿屋でも本屋でも仕組みは同じだ。

コンビニの端末と同じ仕組みなら、残高不足は赤色に光るのだろう。

「大変おまたせしました」と言って、籐《とう》のカゴを一つ渡される。

アレ？　という表情が出ていたのだろう。

「ああ。こちらのカゴは当店で五千ジル以上ご購入の方に差し上げている収納ボックスです」

そう笑顔で言われたので、お礼を伝えて籐《とう》カゴを受け取る。大量の服を購入してもこの収納ボックスに入れてくれるなら、その後も買い物が続けられる。

それに安価でいつでも買えるから、大量買いの客が少ないのかもしれない。

「ありがとうございましたー」

店員さんたちの明るい声を聞きながら店を後にした。


色々と見て回って歩き疲れたので、最後に雑貨屋へ寄ってから宿へ戻って休憩することにした。

その前に籐《とう》カゴを帆布カバンの収納ボックスにしまう。

籐《とう》カゴを持っていたら、買い物の邪魔になるだろう。陳列されている商品に引っ掛かったり、落として壊す可能性もある。

思い当たるリスクは最小限に。それが社会人のマナーだ。

店内には可愛い置物などがあって購入欲をそそられたが、今回は我慢。

石鹸《せっけん》などの消耗品から、コップやカトラリーなどの生活用品をここでもまとめ買い。品揃えから見ても、まるで百円均一ショップに来ているようだった。

……本当に「ここは日本で、これはドッキリの番組じゃないのか？」と疑ってしまう。

さあ、宿に戻って、ひらがなとカタカナだらけの魔法の本でも読むか。

そう思って宿へ足を向けたが、どうもこの場所に不釣り合いな馬車や人が多いことに気付いた。

ここはいわば下町に位置する。

貴族が馬車に乗ってやって来るような場所ではない。

これがまだスイーツ店やファンシーショップだったら、ご令嬢が馬車で乗り付けてもおかしくないが。

「何なんですかね。あの人たち」

近くで集まって話をしている歳の離れたお姉さんたちに声をかけてみた。

「なんかね。お貴族様が失礼を働いたらしくて、その相手を探しているらしいのよ」

「お貴族様に失礼を働いた、ではなく？」

「ええ。逆だそうよ。だから『館に招いて非礼を詫びたい』んですって」

「探してる相手はどんな人なんでしょう？」

「それが何もわからないそうよ」

「それは……」と思わず絶句する。そんな姿もわからない相手を探すなんて、探すように命じられた側も気の毒だ。

「その人がここらへんにいるとでも？」

「そうじゃなくてね。街から出ている可能性が高いらしいんだけど、もしかしてまだ王都にいるかもしれないから、一斉に探してるってことみたい」

そんな話をしていると、「立ち話もなんだから、ウチでお茶をしながら話をしましょう」と言われ、私まで一緒に近くのお姉さんの家へ半ば強引に引き摺《ず》られて行った。

「まあ。あなたは冒険者になるためにこの王都へ？」

「ええ。これから冒険者ギルドへ向かう前に、軽く何かを食べようと思って」

別に嘘ではない。

お城で時間潰しに聞いた説明から、冒険者なら私一人でもなんとか生きていけると思ったのだ。

昨日、宿で確認した自分のステータスは、レベルが3になっていた。スキルに『拳術3』とあったので、一人ぶん殴ってレベルが上がったのだろう。ちなみに基礎体力はすべてレベル7だった。

そしてやはり地球より重力が弱いようだ。

ステータスの最高レベルは10というのは説明で聞いた。

社会人として身につけた礼儀作法や家事などのスキルは、日本の経験からレベル6～8と結構高い。

泳法が6だったし脚力も4あったが、走行は2だった。……数字化されると、地味に落ち込む。

そして操術《そうじゅつ》がレベル7だったけど、これは車の運転技術だろう。……この世界で役に立つのだろうか？


「エアさん？　どうかしたの？」

黙り込んでしまった私を心配したのだろう。右隣に座る緑髪のふくよかなオネーサンこと、ミリィさんが声をかけてきた。

彼女が言った『エア』は私の名前だ。

昨日ステータスを開いた時に、名前と称号『聖女』『異世界から召喚されし者』の後ろに『非表示』がついていたのだ。

ほかに称号は付いていなかった。

触ったら収納カバンの時みたいに有効になるのだろうか。でも、非表示と記されているのだから違うのかな？

何らかの理由で身分証を確認されステータスを見られることになったら、称号はともかく名前が空欄では怪しまれてしまう。そのため、この世界に合う名前をつけた。

『エア』。空気という意味だ。

あのバカな王子のせいで、この世界では私は『空気のような存在』にされた。

そのイヤミでつけたが、それでも名前自体は気に入っている。

ひらがなで『えあ』にしようとしたが、何故か名前はカタカナ表記になってしまうのであきらめた。

賞罰欄は『なし』となっていたため、昨日の暴行事件はなかったことになったみたいだ。

「こんなこと……今さら言ってもいいのかわからないのですが。手を煩《わずら》わせてしまうので、出しそびれてしまって」

そう言いながら、収納ボックスから先程購入したパウンドケーキを取り出す。

話を聞くのに夢中で、購入したのを忘れていた。それにカットされてないため、会ったばかりの人様のお宅にお呼ばれして「切ってください」なんて図々しくて言い出せなかったし。

でも色々な話を聞かせてもらったから、お礼にと思ったんだけど……

出した途端に、穏やかだった場の空気に殺気が加わった。

「え？　これって『ジェフェールの限定ケーキ』じゃない！」

「うそ！　いつ販売するかもわからない限定品なのよ！」

お姉様方の目つきが怖い……。そんな限定商品だと知らなくて、私ったら大人買《まとめが》いしてしまった。

だって近道で通った道で「十本まとめ買いしたらロールケーキ五本のオマケ付き！」なんて言われたから。見たらフルーツたっぷりのロールケーキがとても美味《おい》しそうだった。それに収納ボックスには時間停止機能もついているから、旅や冒険を始めた時に甘味を入れていれば重宝するだろう。

ちなみに「今ある二十本全部買ったら、ロールケーキ十本とプリン二十個もつけるぞ」と言われたので、全部購入した。

……なんて、パウンドケーキ一本で目の色を変えているお姉様方には言えませんね、怖くて。

きっとその『たたき売り』が原因で、購入が困難なのだろう。「皆さん、紅茶と一緒にどうですか？」と言うと、「「「返品不可よ！」」」と全員から声を揃えられた。私は迫力に負けてコクコクと頷く。

「すぐに紅茶を淹《い》れなおすわ！」

「ひぃふぅ……薄く切って一人ふた切れとして……十等分でいいわよね」

まだ食べてもいないのに喜んでいただけたようで、キッチンでは女子会のようにキャピキャピと賑やか……

「そっちの方が分厚いわ！」

「こっちのお皿、一枚がほかのより薄いわよ！」

迫力に少々殺気が含まれている。……包丁を持っているお姉さんもいるのだから『パウンドケーキ殺人事件』はお控えください。

紅茶のおかわりを頂きながら、一人ふた切れずつ載せられたお皿を前にして、皆さんの浸《ひた》っている姿を見て苦笑する。結局、じゃんけんで勝った人からお皿を選ぶことにした。

「おいしー！」

「こんなに美味《おい》しいなんて！　もう死んでもいいわー！」

死んだら二度と食べられませんよ。

心の中でツッコミを入れつつ、私もひと口頬張る。ほんのりブランデーに似た果実酒の香りもして確かに美味《おい》しい。皆さんが夢中になるのも頷ける。

でも、残り十九本あるからと言って、ここにいる四人に一本ずつプレゼントしてはいけない。そんなことをすれば、商品価値が下がってしまう。そうしたら『ありがたみ』もなくなるし、客足も遠ざかる。

それは『閉店』に結びつく。

味が落ちて評判も落ちた結果の閉店なら仕方がないだろう。それが私が好き勝手に商品をばらまいて『商品価値を下げた結果の閉店』だなんて、許されるはずがない。

お姉様方は王都に住んでいるのだから、この先も運が良ければ購入できるだろう。

「あ！　そうだわ！　冒険者になるなら『商人ギルド』にも登録した方が良いわよ」

「商人ギルド……ですか？」

「ええ。冒険をしてる時に得たアイテムは冒険者ギルドでも買い取ってもらえるけど、商人ギルドだと高値で買い取ってくれるアイテムもあるのよ」

「実は私たちも商人ギルドに登録してるの」

「皆さん、何かの商売でも？」

「違うわ。例えば洋服のデザインや料理のレシピを商人ギルドに登録すると、『アイデア使用料』が支払われるのよ」

「レシピが購入されれば、その支払いの度に登録された身分証へ自動で振り込まれるわ」

「一律二百ジルだけど、レシピがお店で使われる場合、そのメニューの売り上げから三割が使用料として支払われるわ」

「……それはそれでオリジナルをマネた料理が登場したりしませんか？」

「それがね。ごまかしがきかないのよ。登録されたレシピをアレンジしても、それは『オリジナルレシピを元にした』として使用料が発生するの」

「それだけではなくて、アイデアやレシピを盗んだとして窃盗罪に問われるのよ」

「けっこう厳しいですね」

レシピ一つとっても、厳しいルールが存在するのか。だったら、今まで作っていた料理が作れなくなるのは困るから、最初に商人ギルドに登録したほうが良さそうだ。

「たとえばね。私たちの誰かがレシピを購入するでしょ？　それを購入していない人が盗み見たらそれだけで窃盗罪よ。家族だと一枚で十分でしょ？　そのように複数人が見る場合は、購入時に『何人で読む』と言って人数分を支払う必要があるのよ」

「それでは、この中の誰かがレシピを登録したけど、ここの皆さんにはタダで使ってもらいたいと思ったら？」

「ああ。その場合は商人ギルドからその相手にレシピが贈られるのよ」

「あとね。商人ギルドに登録したら、新しい料理を作ったら自動で登録されるの」

「ステータス画面に『新規のメニューです。レシピを登録しますか？』って出るのよ」

「それを登録しないと、いくら自分で作ったレシピでも、ほかの人が似たレシピを登録したら二度と使えないわ」

そのために料理をする人は商人ギルドに登録しているらしい。

でも普通の家庭料理は？

そう考えたが、料理で登録できるのは飲食店や屋台などで販売が可能なメニューだけだそうだ。

それとアレンジソース。スイーツも登録が可能らしい。

「実はね。冒険者が商人ギルドに入ったほうがいい理由がほかにもあってね」

そう言って教えてくれたのは『犯罪ギルド』に関することだった。密輸や暗殺を生業としている犯罪者の組織だそうで、ほかの大陸から流れてくるらしい。

別の大陸では密猟や密漁も多く、目撃されるとその者の口を塞《ふさ》ぐために奴隷商人に売ってお金にするようだ。

そして冒険者はドロップアイテムからレア物を得ることも多い。

「レア物が多いと密輸を疑われてしまうの。でも冒険者ギルドと商人ギルドの両方に登録して、さらに冒険者ギルドに活動記録があれば密輸や犯罪の疑いは晴れるわ」

「それ以外にも、冒険者が商人ギルドに所属登録するのには理由があるのよ。調味料を安いところで仕入れて、高く売れるところでまとめて売ったりね」

海辺や塩湖《えんこ》などの近くの町で売られる塩は安価で流通していて、王都みたいに海や塩湖《えんこ》から遠い所なら塩は高く売れる。そのため、行った先で商品を大量に仕入れて王都で売却する冒険者もいるらしい。その時に密輸を疑われないように商人ギルドで登録するそうだ。

「あとね。魔物が落とすアイテムにもレアがあるわ」

「逆に『ビー』が落とすはちみつなんて、レアアイテムじゃないけど流通量自体が少ないから、けっこう高値なのよ」

「ひと瓶一万ジルはするわね」

「……高価なんですね」

「残念だけど、はちみつは一般に流通していないから商人ギルドで購入するしかないの」

「それも入荷が少ないから予約待ち」

ビー……蜂のことですか。魔物というくらいなんだから、きっと大きいんだろうな。

……あれ？　そういえば本屋のおばあさんがくれた本に『まものぜんしゅう』があった気が。

ゲームみたいに、写真かイラスト付きで生息域やドロップアイテムなどが記載されているのかな？

宿に帰ったら調べてみよう。

ふと気付いてステータスを開いてみる。そこに『フレンド』という欄があった。

城で説明を受けた時に、フレンドのことも聞いていた。フレンドに登録したら、メールやチャットが可能なようだ。ただ、チャットは同じ町や村にいないと使えないらしい。

「あの……。私と『フレンド登録』していただけませんか？」

恐《おそ》る恐《おそ》る聞いてみると、お姉様方から「え⁉」と驚かれた。

「またわからないことがあったら教えていただきたくて」

そう言うと、隣に座るミリィさんが「喜んで！」と言って抱きしめてきた。

「ほんと。エアちゃんはいい子ね」

「ね？　私の言ったとおりの子でしょ」

……皆さんの話がわかりません。というか、ミリィさんは一体なにを仰《おっしゃ》ったのでしょうか？

「ミリィ。そろそろエアちゃんを離してあげて」

この家に住むお姉様、フィシスさんが、いつまでも抱きついているミリィさんに声をかけてくれた。それでもミリィさんは離そうとしません。

「ミリィ。離しなさいって言ってるでしょ」

「きゃー。私のエアちゃ～ん」

フィシスさんがミリィさんの首根っこを掴んで部屋から出ていく。ここは玄関脇の台所兼食堂。そこから、玄関側の扉ではなく隣の部屋へと連れて行かれた。チラリとソファーが見えたから、リビングなのだろう。

「ごめんなさいね。エアちゃん」

「ミリィったら、さっきケーキを頂いた時、カットしにキッチンへ行ったでしょ？　その時からお友だちになりたいって言ってたのよ」

「でもエアちゃんは冒険者になるでしょ？　そんな人と友だちになるっていうのは、『珍しい物を見つけたら贈って』って強請《ねだ》ることになるから禁止されているのよ」

「あ。それじゃあ……」

「大丈夫よ。私たちからは禁止だけど、冒険者、つまりエアちゃんからの申請は許されているの」

「それでは、フレンド申請をお願いしてもよろしいでしょうか？」

「「もちろんよ」」

目の前に並んで座る二人のお姉様から、快く了承してもらった。

フレンド登録するには、どちらからでもいいのでステータス画面を開いてフレンド欄にある『フレンド申請』を選択する。申請する側はそれだけで終了。そして申請を受けた人は承認するだけ。それでフレンドになれる。

でも、それだと不特定多数に申請してしまうと思ったが、ステータス画面は本人の意思を反映するから、『フレンドになりたい相手』にだけ申請できるそうだ。

フレンド申請を選択すると、前の二人がほぼ同時にステータスを開いた。

「え？　二人同時に申請が届いたのですか？」

「私たちだけじゃないわ」

その言葉と同時に、隣の部屋から「きゃー!!」という叫び声が上がった。……悲鳴というか歓喜？

アレ？　もしかして……と思うと同時に、扉がバァン！　と音を立てて開いた。扉がそのまま勢いよく壁にぶつかったけど……壁か扉が壊れなかった？　それを確認したくてもできない。気付いたらミリィさんに再び抱きしめられていたから。

開いたままのステータスには『フレンド申請が受理されました』の表示が出ていたので、ミリィさんに抱きつかれながらその表示に触れる。

フィシスさんと目の前に座ってるシシィさん、アンジーさんから承認されていた。

エイドニア王国
王都エドニア
シシィ（シンシア）
フィシス（フィシス）
アンジー（アンジェリカ）

カッコの前が愛称で、カッコの中が名前なのだろう。

……ミリィさん。承認がまだです。

「ちょっと、ミリィ！」

「あなた、まさか承認してないの⁉」

「え？　あ！　…………きゃー！」

私の様子でミリィさんが承認していないことに気付いたようで、フィシスさんとシシィさんがミリィさんに注意して、ミリィさんが操作のために私から離れた。

しかし、ミリィさんの悲鳴と共に、私のステータスには『フレンド申請が拒否されました』と表示された。

……タイムアウト？

「きゃー！　お願い！　エアちゃん！　もう一回申請してー！」

「なに馬鹿なことをしてるのよ」

ミリィさんがフィシスさんたちに呆れられている。

その横でフレンド申請をしようとしたら、『再申請は十日あけないと送れません』と表示された。

「あの……送れません」

「え？」

「『再申請は十日あけないと送れません』と表示されてしまいます」

「ちょっと待って！　ミリィ！　あなた何したのよ！」

ミリィさんが驚いて固まった。同じく驚いたフィシスさんは逆に焦っているし。

「エアちゃん。ミリィからの返事はなんて出てた？」

「『フレンド申請が拒否されました』でした」

私の言葉に全員が固まったあとに「「「ミリィ！！！」」」という叫び声が部屋内に響き渡った。

どうやら、慌てていたミリィさんは『承認』の横にある『拒否』を選択してしまったようだ。

「どうしましょう？」

「仕方がないわ。十日後にならないとミリィへのフレンド申請凍結は解除されないもの」

「タイムアウトだったらすぐに再申請できたのに、ミリィったら『拒否』しちゃったんだもの」

「えー」

「ミリィが悪いんだから仕方がないわね」

「そんなぁー。私だけエアちゃんと友だちになれないなんてー」

イスに腰掛けて、さめざめと泣いているミリィさん。

「ミリィさん。お友だちって『フレンド登録しないとなれないもの』ですか？」

そう聞いたら、ちょっと間《ま》が空《あ》いてから「エアちゃーん！」と三度《みたび》抱きしめられた。

「そうよね！　フレンド登録をしていなくてもエアちゃんと私は『友だち』よね！　ね‼　ね！！！」

ミリィさんが必死すぎて怖いです。

「……そんなにしつこく絡んでいると、友だちすら拒まれるわよ」

アンジーさんの言葉に、ミリィさんが慌てて両手を上げて私を離した。その様子にクスクス笑っていると、笑いが連鎖していき、最後は五人で笑い合った。

……この世界で、この人たちと出会えて、友だちになれて、本当に良かった。

第二章

翌朝、私は最初に冒険者ギルドの中へ入った。商人ギルドはひと辻先だと聞いたからだ。

扉を開けると、受付カウンターが五つ。

右側にバーカウンターがあり、たくさんの人たちが酒を呑んで賑やかだった。もちろん静かに呑んでいる人もいるし、酔い潰れて寝ている人もいる。

左側の壁には掲示板があり、いろんな紙が貼られている。中にはイラストの描いてある紙もある。あれが依頼書だろう。

とりあえず『とうろくうけつけ』と書かれた受付に向かう。時間的にまだ早いため、優しそうなお姉さんが受付にいるだけだ。

「すみません。冒険者登録をしたいのですが」

「はい。登録は初めてですか？」

「ええ。そうです」

「では簡単にギルドの説明をさせていただきますね。そちらのイスにおかけください」

冒険者ギルドでは、初回登録は無料。しかし依頼失敗などのペナルティが規定値を上回ると登録抹消処分となる。

ただ、無理に依頼を受ける必要はない。その代わり、冒険者ランクがアップすることもない。

薬草採取などの依頼を受けていれば確実にランクアップするが、依頼を受けずに魔物を倒すだけでもランクアップする。ランクアップすれば、依頼の成功報酬は高くなっていく。

また、冒険者には『緊急クエスト』が発令されることもあるが、それも『絶対に受けなければならない』というものではない。

義務化すれば初心者も出ることになる。それでも大人しく後衛にいれば良いのだが、上級者でもてこずる魔物討伐《とうばつ》の前線に出て来られては足手纏《まと》いでしかない。

そして『冒険者同士のトラブル』は禁止とのこと。ただし『正当防衛』はあり。『報復』や『復讐』は犯罪のためなし。

そしてギルド職員が守ることだけど、冒険者も知識として知らなければならないことがある。

『冒険者の個人情報を漏らしてはならない』というものだ。

別に職員が身分証の中身をなんでも見ることができる訳ではない。名前と冒険者ランク、冒険の記録は職員でも確認できる。その代わり、どこの迷宮や洞窟に入ったとか、どんな魔物を倒したという冒険の記録情報を他人に漏らしてはいけない。

日本でいうところの『個人情報の保護』だ。

過去に「この迷宮に行ったのなら、レアアイテムを手に入れてないか」としつこく付き纏《まと》っていた職員がいたらしい。「この迷宮なら誰々さんが攻略したから」とばらして仲介料を取る職員もいたとか。

そんな町や村の冒険者ギルドに誰が行くだろうか。

今では迷惑行為をした職員は、規約違反で即解雇。迷惑を受けた冒険者に、ギルドからは一億ジルの迷惑料を支払う。迷惑行為をした職員自身は五千万ジルの迷惑料を支払う。

もちろん個人でそんな大金を持っていないし、ギルドもそこまでお金はない。そのため、借金生活が始まる。給料は現金で三割しか貰えず、七割が借金の返済にあてられる。

『いつもニコニコ現金払い』だ。

身分証は借金を返し終わるまで使用停止となるため、町や村から逃げ出すこともできない。ほとんどの町や村を出入りする際には身分証が必要だ。犯罪者を入れない、逃がさないためだ。

ギルドの借金は、依頼の仲介料やギルド内のバーの売り上げ、併設の武器屋や防具屋の売り上げがすべてあてられる。だからと言って、バーの値上げは認められない。

「それは大変ですね」

「はい。だからこそ『個人情報の取り扱い』は慎重かつ注意が必要なんです」

確かに、個々が注意していれば防げることだ。

そして『仲良し』と『馴れ馴れしい』は違う。

そこを履き違える職員も過去にいたのだろう。

説明を受けたあと、何か私からの質問があるか聞かれた。そのため「冒険者はフレンド登録し合わないといけないのか？」と聞いてみた。説明の間ずっと、フレンド申請を受け取り続けていたのだ。

「いいえ。そのようなことはございません。何かありましたか？」

「ずっとフレンド申請が届いているのですが」

「お名前を伺っても？」

そう聞かれて、順番に名前を告げていった。その間も、増えていく申請者。結局、総勢二十三名。その全てがこのギルド内にいる冒険者だという。

「あ……。ごめんなさい。また二人追加です」

「ほんと。節操なしばかりでごめんなさいね。もうすぐ静かになるから」

「いえいえ。これは個人の問題ですから。……また来ましたよ」

「何を考えているのでしょうね？」

「酒の相手をしろ、じゃないですか？」

「酔っ払いほどタチの悪いモノはないわね」

「このまま何もしないで待っていても時間の無駄ですよね。……まだ申請が続いていますよ。私、まだ『冒険者ギルドに入っていない一般人』ですよね」

「入っていても女性ですから、正当防衛が成り立ちますよ」

「酔っ払いに絡まれた場合って……」

「確実に正当防衛が成り立ちますね」

「さらに三人追加。……酔っ払いは足腰がフラフラで、ちょっとしたことでも足がもつれて倒れちゃいますよね」

「そうね。これで、もう三十人……。呆れた。あそこにいる男性全員ね」

美人受付嬢の呆れた表情が可愛くて、私は苦笑しかできない。さっきの「もうすぐ静かになる」というのは、この酔っ払いをどうにかするための救援を呼んだのだろう。

「ところで、待ち人はあとどのくらいで来ますか？」

「もうそろそろ到着すると思います」

「じゃあ。ちょっと時間潰しに併設の武器屋を見に行ってきます」

「来たら呼びに行きますね」

「はい。お願いします」

私がいたのは壁側で彼らから一番離れた場所だったからかな？　申請してきた男たちは、私たちの会話が聞こえなかったみたいだ。酔っ払いたちが立ち上がった私を見てニヤニヤしている。きっと『冒険者登録が終わった』と思っているのだろう。

ギルド併設の武器屋兼防具屋へ向かうルートは二つ。一旦外へ出る遠回りか、バーの通路を通って行く近道か。もちろん、私は遠回りなんかするつもりなく、酔っ払いの間を抜けていくルートを選択。でもその前で絡まれた。

「なあ、ねーちゃん。フレンド申請の返事が来ねーんだけどよー」

「おいおい。コッチだって申請してるのに返事まだかよー」

酔っ払いの絡みと口臭ほど臭いものはないんだよなー。体臭自体が酒臭い。呑んでいなくても、近付いただけで酔いそうだ。程よい酔い方をしないから女性が近寄らないんだよー。

ということで、この場でまとめてお返事をさせてもらおう。

「おい。早く申請を許可してオレの相手をしろよ」

「女ならなー……あ？　アガガガ……」

「女だからなんでしょうかねえ？　テメエの女でもないのに、軽々しく手を出そうだなんて。ナ・ニ・サ・マのつもりでしょうか」

はい。絡み酒の酔っ払いに続いて、ニヤニヤしながらお尻に手を伸ばしてきたオッサンがいるので、触られる前に手を捻《ひね》り、腕も捻《ねじ》って上半身をテーブルに押さえつけて差し上げた。

タダで触らせるほど、私は『お安く』できていませんので悪しからず。たとえ、大金を積まれても触らせませんが。……やはり、私の握力も素早さもすべて上がっているようだ。

「女だと思って甘く見てれば、つけあがりやがって！」

「押さえつけて皆でまわして……」

バァン！　ドドーン!!

男たちが集団で私に襲いかかろうと動きだしたと同時に、ギルドの扉がものすごい音を響かせて開いた。扉は勢いそのままで、さらに大きな音を立てて壁に激突し、建物全体が大きく揺れた。

それは昨日も見た光景だった。

そう、昨日フィシスさんの家で、だ。あの後、結局宿へ帰って部屋で購入した魔法の本を読み、夕食を食べて寝てしまった。そのためギルドめぐりは今日に持ち越しになったのだ。

「エアちゃ〜ん！」

ギルドに飛び込んで来たのは、やはりミリィさんだった。

ブンブン！　と音が聞こえるように勢いよく首を振って周囲を見回したミリィさんは、バーで酔っ払いたちに襲われそうになっている私に気付くと、ぶっ飛んで来て強く抱きしめてきた。

「エアちゃん！　無事？　怪我してない？　もうお姉ちゃんたちが来たから大丈夫よ！」

いつの間に『お姉ちゃん』になったんだ？　ケーキと紅茶が姉妹の盃《さかずき》だったのか？

ん？　……お姉ちゃんたち？　複数形？

「このバカどもがその子にフレンド申請してたんだよ。相手にする価値もないバカだから返事しなかったみたいだけど、今度は彼女に無理矢理フレンド登録させて、全員でまわそうとしてた」

カウンターでしみじみとグラスを傾けている女性がミリィさんに話しちゃった……。それもアチコチ端折《はしょ》っている。

なにより、ミリィさんにとって『フレンド申請』は鬼門なのに。

「な・あ・ん・で・す・うっ・て・え！」

「ついでに言うなら、そこのテーブルで腕を押さえている男は、その子のお尻を撫でようと手を伸ばした」

ぐいんという音が聞こえるような首の動き。そして、ギロリという効果音が似合いそうな視線を男に投げかけた。私のお尻をナデナデしようとした男が「ヒィ！」という悲鳴を漏らす。

「ミリィ……さん」

ずっと抱きしめられてて気付いた。

こんな、酔っ払いの絡みなんて日本でもあったし、初めてじゃないけど、それでも怖かったんだ。泣かなかったけど。連中相手には見せなかったけど。

ミリィさんの腕に抱かれて安心したからか、自分の身体が震えているのにやっと気付いた。

それも、ミリィさんが抱きしめてくれたから、今は震えも落ち着いてきた。

「大丈夫よ。私のカワイイ妹をイジメた連中には、この瞬間まで生き延びて私の前に姿を現したことを死ぬほど後悔させてやるから」

「ミリィ。ほどほどにね」

「わかってるって！　死なない程度で許してやるわ！」

ミリィさんのほどほどの基準は『死なない程度』なのか？

ミリィさんに解放されて声のした後方を見ると、フィシスさんたちが立っていた。

「手続きは？」

「まだ……説明を受けただけです」

「ひっきりなしにフレンドの申請が届くから。結局三十八人からきたわ」

受付嬢が出した用紙に記載された名前を、その場にいる人たちと照らし合わせて確認していくフィシスさんたち。

「ミリィ。……そこにいる男性、全員有罪」

「一般女性への婦女暴行も追加」

「りょーかい！　私のエアちゃんに手を出そうとして、二度と日の目を拝めると思うなよー！」

「まだ手を出してねぇー！」

「それを決めるのはアンタらじゃない、私たちだ。そして、この私が『全員死刑』と決めた！　……さあ、覚悟しろよー。したよなー。私のエアちゃんをターゲットにした時点で、私に棺桶にも入れられずに地中深く沈められる覚悟は、で・き・て・る・よ・なー」

「そんなもんできるかー！」

「男だったら、いちいち気にするなー！」

ギャー！　来るな！　止《や》めろー！

そう叫んでいる冒険者たち。……逃げればいいのに、なぜ立ち向かおうとするのだろう？

「エアちゃんは私のものだー！」

完全にミリィさんのものにされています。

フィシスさんたちはこの場をミリィさんに任せると、私を促して受付へと戻った。

イスに座って登録の手続きを再開。……の前に、お片付けが残っている。

「まず先に、フレンド申請を一括で拒否しましょう」

「あの……。新しく『エリー』さんって方が申請されているのですが」

「それ、私よ」

バーのカウンターで一人、お酒を呑んでいた女性が答える。マントに付いたフードを目深に被った女性が近くのカウンターにもたれかかっていた。

「え？　エリー？」

「エリーが誰かに興味を持つなんて珍しいわね」

フィシスさんとアンジーさんから驚きの声があがる。

フードを取ったその女性は、緑の長い髪に長い耳をしていた。

「あら？　エルフを見たのは初めて？」

凝視していたから嫌な気分にさせてしまっただろうか、と思ったが、女性は慣れているのか気にした様子もない。

「はい。……あの、私の何に興味を持たれたのですか？」

私が彼女の言葉で顔を凝視していた理由はそれが原因。だって、私が異世界からきたと気付いて、興味を持たれたのなら……

「だって。あのミリィがあれほど可愛がるなんて。それも妹なんて言ってるのよ。興味を持つなって方が無理だわ」

エリーさんの言っている意味がわからない。ミリィさんが私を可愛がる姿は、私からみても確かに異常だと言える。それでも興味を持たれるほどのことなのだろうか？

……ミリィさんの過去に、何があったのだろう？

「ねえ、エアちゃん。初めてミリィを見た時、どう思った？」

「……ふくよかな人だなー」

「もう。本当《ホント》にエアちゃんはいい子なんだから」

シシィさんに答えた私を、アンジーさんが笑いながら抱きしめる。

そんなにおかしなことを言ったのだろうか？

「エアちゃん。『巨人族』を知ってる？」

「知識だけは。会ったことはありませんが」

アンジーさんに思ったことを素直に返す。そう、昨日読んでいた本に出てきただけの知識しか持っていない。

平均身長は二・五メートル。大きな人だと四メートルもあるらしい。

種族の特徴として『気は優しくて力持ち』という一文があったから、古いアニメのキャッチャーが思い浮かび、その主題歌が脳裏を駆け抜けた。

「エアちゃん。ミリィは『巨人族と人間のハーフ』なのよ」

あらら。知らずに巨人族の方とお会いして、お友だちにもなっていた。フィシスさんから教えられるまで思ってもみなかった。だけど、ミリィさんの身長は二メートルもない。身体もふくよかで、お相撲さんよりは小さいけれど、女性特有の柔らかさを持っている。だから、巨人族というより少し大きな女性としか思えない。

「王都に住む人たちは、それを知ってるからミリィを見ると怯えるの。でも、昨日ミリィを見てもエアちゃんは怖がらなかったでしょ？」

「だから、あれほど友だちに執着してたのですね」

シシィさんの説明で、やっとミリィさんのフレンド申請で見せた執着に納得できた。

するとと今度はフィシスさんが質問をしてきた。

「それで、どう？」

「どう、とは？」

「……あの様子を見て」

「……愛されてるなー」

「それだけ？」

「それ以外に何かあります？　今だって、ミリィさんは私のために怒ってくれているのですよ？」

そう。ミリィさんは酔っ払いたち相手に暴れている。

でもそれは『私を守るため』だ。二度と私に手出しをさせないため。きっと、この騒ぎはほかの冒険者たちに広がる。そうすれば、誰も私に手を出そうとしなくなるだろう。

だったら、何故守られているはずの私が怖がる必要があるのだろうか。

「ほーら。面白い」

エリーさんが私の言葉に満足したような笑顔を見せた。アンジーさんは変わらず私を抱きしめて頭を撫でているし、シシィさんは私の回答に呆れているフィシスさんを宥《なだ》めている。私は、フィシスさんが絶句するようなことを言ったつもりはなかったのに……

「エアちゃん、だっけ？　フレンドを承認してもらえないかな？」

「え？　ですが……」

そう言ってミリィさんを見る。私の考えていることに気付いたフィシスさんが「ミリィなら大丈夫よ」と言ってくれた。

「え？　エアちゃんに承認してもらうのに、ミリィからの許可が必要なの？」

「違うわ。昨日ちょっとしたアクシデントがあって、ミリィったらエアちゃんとフレンドになれていないの。だから、エアちゃんはミリィのことを気遣ってくれているのよ」

「そんなことされたら、ミリィじゃなくてもメロメロになるじゃない！」

「残念ねぇ。私たちはすでにメロメロよ」

「ねー」と言いながら、私に抱きついてくるシシィさん。

「ズルい！　ちょっとミリィ！　私もエアちゃんとフレンド登録したい！」

「えー？　エアちゃん！　エアちゃんと私は『友だち』よね!?」

「……え？」

「えー！　ちょっとエアちゃ～ん！」

私が回答に戸惑うと、ミリィさんが相手をしていた酔っ払いを放って私の前にやってきた。イスに座っている私の目の高さに合わせて床に直接座る。

いや、私が回答に詰まったのは、さっきまでの妹発言があったからだ。

「ミリィさんは……」

「私のこと、お友だちでお姉ちゃん？」

「私？」

「私のこと、お友だちで妹？　じゃあ、ミリィさんはお友だちでお姉ちゃん？」

私の疑問の意味に気付いた周りから「あっ！」と声があがった。

エリーさんからは「えっ？　ちょっと、それズルい！」って声が聞こえてきた。ミリィさんも少し時間はかかったが、すぐに意味がわかったようで「エアちゃ～ん！」と抱きついてきた。

「ミリィ。連中が逃げるわよ」

フィシスさんの言葉にパッと身体を離したミリィさんだったが、「もう一度、呼んでくれる？」と聞いてきた。呼んでほしいのは名前ではないだろう。

「お姉ちゃん。ミリィお姉ちゃん」

そう呼ぶと、またギューッと抱きしめ、「よし！　妹をイジメた連中は全員やっつけてくる！」と駆け出して行った。

「ちょっとミリィ。私の申請はー？」

「気分がいいから、特別に許してあげる～」

ミリィさんの許可が出ると同時にエリーさんは「ミリィの気が変わらないうちにお願い！」と、両手を合わせてきた。

エリーさんからの申請に触れると『承認』と『拒否』が並んで出たので、昨日のミリィさんみたいに間違えないよう『承認』に触れる。

すぐに中央部分に『エリーを追加登録しました』と表示されてフレンド画面に戻った。

エリーさんを見上げると、承認メッセージが出たみたいでニッコリ笑っている。

「エアさん。他に承認する方はいらっしゃいませんか？」

「はい。もういません」

「では『一括拒否』しましょう」

受付嬢の説明で、フレンド欄にある申請リストを開く。個別でも『承認』と『拒否』が選択できるが、リストの一番上にある『一括承認』『一括拒否』を選択できるそうだ。

『一括拒否』を選択すると、いっぱい並んでいたリストが瞬時に消えて、真ん中に『一括拒否しました』と表示された。それをタッチすると今度は『現在、承認待ちはいません』となった。

ちなみに全部ひらがな表示。脳内変換で漢字にしてるだけ。

実際の表示は『いっかつきょひしました』『げんざい　しょうにんまちはいません』だ。

……せめて、句読点がほしい。


受付嬢の指示通り、身分証を端末に載せる。

ステータス画面が開いて、中央に『冒険者登録が完了しました』と表示された。同時に私のステータスの称号に『冒険者』が加わった。

「これからは、冒険者仲間としてもよろしくね」

「はい。こちらこそお願いします」

ミリィさんの気が済んだタイミングで、ギルド内に揃いの制服を着た男性たちが雪崩《なだ》れ込んできた。騒動を知った誰かが通報したのだろうか。そう心配したけど、中の一人がミリィさんに指示をされている。

別の一人が近寄ってきたが、私を両側から抱きしめているアンジーさんとシィさんを見て苦笑する。

「アンジェリカ隊長。シンシア隊長も……。一体何をしているのですか」

「バカどもからの保護」

「何、バカなことを言ってるんですか……」

「これは被害者の保護よ」

「はあ……。できればそちらの方から直接、お話を聞きたいのですが」

男性がチラリと私を見る。

でも、私が口を開く前に、今度はエリーさんとフィシスさんが代答する。

「却下」

「無理ね」

「ですねえ……」

「あのミリィが許さないわよ」

「ビ～ル～～ガ～～～～！！！」

「うわっ！」

急に背後からミリィさんの声がして男性はビックリしたのか、文字通り飛び退《の》いた。

「ビルガ。連中はまだ冒険者登録前の女性に、執拗《しつよう》にフレンド登録をさせようとしたのよ。それを拒んだら、今度は力ずくで襲いかかった。……どっちの意味かは、言わなくてもわかるわね？」

フィシスさんの言葉に、一瞬で真面目な顔になったビルガさんは「あとはお任せください」と言って一礼すると、ミリィさんがこらしめていた男たちをギルドから連れ出していった。

って、引き摺《ず》って行くの？

「大丈夫よ。あの縄はちょっとやそっとでは解《ほど》けたりしないから」

ミリィさんは、私があの縄が解けたら仕返しに来るんじゃないかと心配していると思ったようだ。抱きしめて、安心させるように背中を撫でてくれる。

「ミリィさん……怪我はしていない？」

大丈夫？　と聞くと、ちょっと驚いてから「エアちゃん！　やさしい!!」と抱きついてきた。

「ミリィだったら強いから大丈夫よ」

「でも、一人であんなにたくさん……」

「大丈夫よ。エアちゃんのためだもの」

ミリィさんは何でもないように心配を笑って払拭《ふっしょく》してくれる。……でも、殴っていた手は傷ついていないが赤くなっている。

『回復』。本にはひらがなで書かれていた魔法。

それを当たり前のように脳内で漢字に変換して、手をかざしミリィさんの手にかけてみた。

昨日、自分に試した時は成功した。

そして夕食時に、マーレンくんにも試させてもらった。皿洗いをしていてフォークの先端で指を切ったと聞いたからだ。血は止まっていたけど、指を切ったまま皿洗いをしていたら痛いだろうし不衛生だ。傷口からバイ菌が入る可能性もある。そのため、魔力調整の練習も兼ねて回復魔法をかけさせてもらった。そのおかげで、小さな傷には少しの魔力で十分だとわかった。

私が回復魔法を使ったことに周りが気付き、誰もが黙ってしまった。

この世界は魔法名だけで発動するから、思い浮かべるだけで無詠唱も可能だ。

それに、得意不得意はあるものの、魔法の属性は問題なく誰もが全属性を使える。

だから、私が無言で回復を使っても問題ないはず。

本にはそう書かれていたが、解釈が間違っていただろうか？

周りの反応に心配になってミリィさんの表情を窺《うかが》うように見上げると、またミリィさんに抱きしめられた。

「エアちゃんったら、また無自覚なんだから」

隣にいるアンジーさんからは苦笑される。

……私、何かヤバいことしたのかな？

「エアちゃん。ミリィは人より回復が早いから、多少以上の傷でも放っといて大丈夫だ」

「ちょっとぉ！　エリー、ひどーい！」

「本当だろ？」

「……でも、赤くなったままでは痛いですよね？　ミリィさんは私のためにしてくれたのに、痛いのを放っておくのってできません」

エリーさんは私の言葉に唖然《あぜん》とする。

「エアちゃんはこういう子よ」とフィシスさんが説明すると、「これじゃあ、ミリィが可愛がるはずだわ」と大きなため息を吐《つ》かれてしまった。

私はミリィさんにギュ～ッと抱きしめられている。彼女は呪文のように「私のエアちゃんはいい子なのよ～」と繰り返していた。

「ミリィさんたちは何のお仕事をしているのですか？　……さっきの人は、アンジーさんとシシィさんを隊長ってお呼びしてましたよね？」

「え？　エアちゃん、何も知らないの？」

「はい。昨日お会いしたばかりなので」

私の疑問にエリーさんが驚く。

初対面の相手に根掘り葉掘り聞くのは失礼ではないだろうか？

「四人は王都の『守備隊の隊長』よ。それも女性でありながら、実力で隊長になった凄腕《すごうで》なの」

「そうだったんですね。皆さんスゴイです！」

エリーさんの説明に私が感嘆の声を挙げると、フィシスさんたちは照れくさそうに笑った。

「『守備隊の一つ』よ。私たちはこの南部の四隊を預かってるだけ」

「守備隊は、南部だけで十隊はあるわ。東西南北に各十隊。そして貴族たちの住む中央の守備隊が十隊で、計五十隊」

「その内の四隊を預かっているんですよね！」

「エアちゃん……スゴい？」

「はい！」

ミリィさんに聞かれて即答すると、「やっぱり、エアちゃん大好き！」と再び抱きつかれた。

ミリィさんの様子に苦笑しながら、私の頭は今後のことを考えている。

昨日見かけた、町に場違いの人たちは『もう一人の聖女』を探していたのではないか、と。あの第二王子こと腐レモンの悪行を聞きつけた有力者か何者かが、野に放たれた聖女《私》を見つけ、謝罪するとの建前で館に招くために。そしてそのまま、保護という名の軟禁と監視下に置き、『聖女を私物化』するつもりだったのでは？

ミリィさんの私物化《私の》発言みたいに甘くて優しいものではない。

自由を奪われた私物化《カゴの鳥》だろう。

だから、昨日は予定を変更して、本を読んで魔法を覚えて練習をしていたのだ。

その努力のおかげで、生活魔法はいつでも使えるようになった。練習の成果から、ほとんどは10ランクのレベル3になっている。

昨日買ったマグカップに、水を入れ（水魔法）、温かくする（火魔法）。使い終わったマグカップをキレイにする（生活魔法・洗浄）。

髪や全身は『洗浄』で綺麗にすることもできた。

どうやらそのすべてを、昨夜一発で成功させた。

魔法を使う時に具体的なイメージをすると、成功率が上がるようだ。

本の情報だけど、外なら使い終わった食器は水魔法の洗浄でも可能のようだ。地面に水がしみ込むし、この世界で使われている石鹸《せっけん》は石油由来ではないため、環境に悪影響はない。

そのため、リュックに入れていたマイボトル用の紅茶や緑茶、ほうじ茶などを飲めるようになった。ちなみに飲み終わった茶葉は乾燥させて、収納ボックスに入れている。紅茶ケーキでも作る時に使おうと思ったので。

その時、乾燥させた茶葉がまだ熱くて、手を火傷《やけど》した。

そのため、覚えたばかりの回復を使ってみた。

回復させて気付いたのが、魔法をひらがなではなく漢字でイメージすると威力が強いようだ。

まだ回復しか試していないけれど……

思念だけで使えるため、魔法の加減は可能だった。ミリィさんにかけた回復魔法も、もちろん加減をして騒ぎにならないよう小さくした。

それでも全員が黙ってしまったので、加減が足りなかったのかと心配になったけれど……

昨日はそんなことを練習して過ごした。

ステータスのレベルも、気付いたら8まで上がっていた。

これだったら、ステータスを確認されても多分大丈夫だと思う。

昨日今日、この世界にやって来たにしては使える魔法も多く、レベルも高い方だろう。

魔法自体は、本を読むだけでステータスの魔法欄に自動で登録されていった。お城で「勉強をすれば使えるだろう」と言われたが、本を読んだだけで覚えられるとは正直思わなかった。

これはゲームの知識があるからだろうか？

きっと、意味が理解できているから使えるのだろう。イメージして発動する魔法なら、正しく理解していればイメージもしやすい。これなら、新しい魔法を作れるのかもしれない。

こちらは宿の中や街中《まちなか》では無理なので、王都の外へ出てから試そうと思っている。そのためには、低レベルでも入れる初心者向けの迷宮などに入って試したい。それと、魔法を『回復』ではなく『ヒール』と唱えても効果があるのだろうか？

そういうことも試してみたいと思っている。


フィシスさんたちは仕事中ということで、私から無理矢理ミリィさんを引き剥《は》がして、嫌がる彼女を引き摺《ず》って行こうとした。

ミリィさんは相変わらず「私のエアちゃ～ん！」と騒いでいたが、シシィさんが「連中の処罰はどうするの？」と聞くとパッと切り替えて、「エアちゃんに二度と手出しできないようにしてくる！」と張り切っていた。

フィシスさんの見立てだと、罪名に『婦女暴行』が付くため、冒険者の登録抹消は確定だそうだ。その上で従来の罰を受けるが、冒険者という『戦闘に特化した職業』をしていた以上、暴行などの罪は重く一般人より更に重い罰になるらしい。それはフィシスさんたち守備隊や警護隊などの人たちが犯罪に手を染めた時も同様だ。

彼らは最低でも三年は収監されると聞いた。

罪を犯せば、身分証が検《あらた》められ、今まで犯した罪も表示される。

過去に同じ罪を犯していれば、『反省していない』とみなされて罪が重くなる。

また、罰を受けていない罪があれば、それも加算される。

そして、犯罪を犯した元冒険者には腕に鉄の腕輪が着けられる。これには『全魔法封じ』と『レベル封印』の効果があり、外すことはできない。

過去に腕を切って腕輪を外そうとした者がいた。腕を切り落とした後、回復魔法をかければ腕も回復すると思ったらしい。

しかし、そうは問屋が卸さなかった。

痛い思いをしてスッパーンと腕を切った。そして腕輪を抜き取ってから友人が回復魔法をかけた。

腕は見事に回復した。……そして、腕輪も見事に復活していた。

さらに、罪状の追加というオマケがついた。腕輪も罰の一つにもかかわらず、腕を切って逃《のが》れようとしたのだ。

その者は、すぐに再逮捕となり牢獄の中へ。回復魔法を掛けた友人も逮捕。その余波《よは》として、その計画を「知ってて止めなかった」という理由から共犯という形で逮捕された者もいた。

それが周知されて以降、腕輪装着者は周囲から忌避《きひ》されるようになった。

「親切にしたら共犯で捕まった」と噂が広がったからだ。

お店によっては、『腕輪装着者の入店はお断り』という貼り紙がされていた。私の泊まっている宿にも同じ貼り紙がされている。同じ意味を示すステッカーが付いているお店もある。

そんな店の入り口には、『腕輪装着者排除』機能が付けられている。腕輪を服の中に隠して入店しようとする者もいるため、国が対策として希望する店舗や家に無償で魔導具を配布した。背景には、腕輪装着者が強盗を働く事件が続いたという事情もある。

今では、店や宿のほとんどに『排除機能』が付いている。

腕輪装着者はスラム街で暮らし、食事は屋台で購入。仕事は下水道の掃除などで日銭を稼ぐ。スラム街には低所得者や孤児も暮らしている。彼らは日銭を稼ぐために、仕事を奪い合うライバルなのだ。

トラブルがないように、どんな仕事でも先着順で選べる。そして、綺麗で食事付きの代金も良い仕事や長期の安定した仕事から順番に埋まっていく。仕事自体は大小に関わらず溢れるほどある。

そのため、街の清掃や街道の整備が行き届き、落ち葉やゴミなどが落ちておらずキレイな街並みが保たれている。

❃ ❃ ❃

少し早めだったけど、お昼ご飯を食べるためエリーさんとカフェに入った。

そこでも子どもたちが働いていて、エリーさんが元冒険者の話と共に彼らのことも教えてくれた。

料理を運んできた彼らにチップを払うのか聞いたら、彼らにも矜持《きょうじ》があり、『施《ほどこ》しは受けない』

という。

正規の報酬以外のお金を貰えば欲が出る。欲が出れば、チップを払わない客と出す客に接客の差が生まれてしまう。

さらに、チップ欲しさに接客に差を出す子どもも現れる。だったら、客として店にお金を落としていけば、店長から追加報酬が出してもらえる。

優しいだけでは成り立たない。

エリーさんから、そう教えてもらった。

私が質問したのは、客からチップを受け取る子と断る子がいたからだ。日本ではあまりなじみがないけれど海外では制度やマナーとして慣行されている国もある。この世界や店がそうなのかは、見ているだけではわからなかった。エリーさんも、私の視線の先に気付いて眉をひそめる。

お店の料理は美味《おい》しく、レタスと菜の花のペペロンチーノに似ていた。セットのドリンクとケーキも美味《おい》しかったし、これで四百ジルはお得だ。

支払いはテーブル会計。

「今日はお姉さんに任せなさい」とエリーさんに言われてご馳走になることに。「エリーさん、ありがとうございます。ごちそうさまでした」とお礼を言ったら、ちょっと残念そうな表情をした。

店の前で別れたが、エリーさんは再び店に入っていった。

もしかして、あのチップを貰ってた子どものことで、店に何か言いに行ったのかな。……ちょっと心配。

エリーさんと別れた私は、再び冒険者ギルドへ戻ってきた。

正確には併設の武器屋というよりは『何でも屋』に近い。新品・中古品にかかわらず、冒険に必要なものなら幅広く取り扱っていた。

私のスキルには剣術と投擲《とうてき》があった。

剣術は兄と遊びで振り回していたおもちゃの『光る剣《ソード》』の経験からだろうか？

投擲《とうてき》は、体育の授業でやっていたバスケかな？

それとも、ゴミ箱へゴミを投げ入れていた習慣からかもしれない。

そして拳術と蹴り技。

今後の冒険者生活で、どれが役に立つのかわからない。

もちろん魔法は使えるようになりたいけれど、魔法だけに頼ってしまえば、それが使えない場所では役立たずになるだけだ。だからこそ、ちゃんと武器も使えるようになりたい。

ということで、自分のランクで使える剣を三本と盾、パチンコとグローブも購入した。自動で敵に照準をあわせる自動発射式アローも購入した。これは魔物にしか使えず、誤射しやすい初心者向けらしい。

それからキャンプセット。

地面に置けば簡単に結界が張れる結界石と呼ばれる水晶や、鍋や包丁などの調理道具、固形燃料もセットに含まれていた。耐久性に優れたセットは五万ジルと高額だったが、安いものを何度も買い換えるよりは良いと思って購入した。

それとベッドなどの家具も購入した。

テント内は広く、ダブルサイズのベッドを入れてテーブルセットを置いてもまだ余裕がある。テント自体は高さ二メートルで小さいが、基本のテント内部の空間は二平方メートル。使用登録者の能力に合わせて広さは拡大でき、何部屋でも作れるようだ。それこそキッチンも浴室も。そして、それはテントをしまっても固定されるので、一度部屋割りをして家具を揃えたら、自分の部屋を持って旅ができるそうだ。

うん。それなら野宿も問題なくできるね。

テントも、使用者の許可がない人は入るどころか中を覗《のぞ》くこともできない。収納ボックスの中が他者には見えない機能と同じらしい。

店の人にお薦めされるまま商品を見て、自分の用途にあった値段で購入。

魔物を倒した時に解体作業をする必要があると思ったけど、収納ボックスがあれば、収納時に勝手に解体してくれるらしい。そんな機能がついているなんて、お城では聞いていなかったが……

これは冒険者特有のシステムだそうだ。そのため、冒険者を辞めたら収納しても解体せず『魔物の死体』と表示される。職人ギルドに解体屋があるので、そこへ持ち込めば有料で解体してくれると教えてもらった。

ここでの購入金額は十万ジルを超えていたが、冒険者特典と冒険者登録して最初の買い物ということで、値引きされて十万ジルちょうどとなった。身分証で支払って、商品は収納ボックスにしまう。

値引きしてくれた上に、オマケとして購入しなかったランタンなどをくれた。このランタン、魔石と呼ばれる魔力を含んだ石が嵌《は》め込まれており、スイッチ一つで点灯する懐中電灯のようなもの。魔法の使えない洞窟もけっこうあって、灯りとして必要だそうだ。

そして、調味料は商人ギルドに併設されている『何でも屋』で売っていると教えてくれた。

商人ギルドの周辺には穀類を売ってる店や屋台が多く揃っており、貴族の館で働く料理人が買いに行くほど質は良いから、何か買うならそういう場所がいいと教えてもらった。

商人ギルドまでの道は辻の一本先としかわからなかったが、ちょうど買い物に出ていたマーレンくんとお兄さんのユーシスくんに冒険者ギルドを出たところで出会った。兄弟に場所を尋ねたら連れて行ってくれると言う。

「お姉ちゃん、今日のご飯は僕も一緒に作ったんだよ！」

「そう？　じゃあ楽しみにしてるわね」

「うん。早く帰ってきてね！」

元気に話すマーレンくんの手を引いて帰っていくユーシスくん。

彼らは、周りのお店でも「お家のお手伝いを頑張っている良い子」として人気者だった。

二人と別れた後、商人ギルドに入って受付へ向かう。

「こちらは初めてですか？」

「はい」

「冒険者ですよね？」

「はい。そうですが」

「バカの一つ覚えのように、冒険者ギルドと商人ギルドをセットのように考えて登録する人が増えていますが、本当に必要かもう一度考えてから来てください」

ありゃりゃ。断られちゃった。シッシッと手を振って追い払われたし、周りの職員もクスクス笑っている。

その場でフィシスさんにチャットで「商人ギルドで登録させてもらえませんでした」と相談する。すぐに「どうしたの？」と返ってきたので、言われたことをそのまま伝えて「手を振ってシッシッって追い払われました。ほかの職員も笑ってて、聞こえるような声で『早く出てけ』って言う人もいます」と返信。

私がチャットをしてるのに気付いて、

「誰に泣きついているのか知らないけど。アンタみたいなのに味方するなんて、よっぽどろくでもないクズなんでしょうね～」

とバカにされた。

その瞬間「一体どこの誰がろくでもないクズなのか、私にも教えていただけるかしら？」と……カウンターの中、彼女たちの後ろから声がした。

「エアちゃん！　もう大丈夫よ！」

跳《は》ね板をあげて出てきたシシィさんとフィシスさん。シシィさんに抱きしめられて、気が緩んだのか安心したのか。気付いたら涙が零《こぼ》れていた。

「ごめんね。ミリィは一緒じゃないの」

「ど、して？」

ミリィさん、やっぱり怒られたからいないのかな？　だったら私のせいだよね。

「冒険者ギルドで捕まえた連中を、ミリィの部隊が引き受けたの。その処理でね。ミリィは詰め所に残っているのよ」

シシィさんが抱きしめたまま、慰めるように背中を撫でてくれる。良かった。お仕事だったんだ。でも、ミリィさんの姿が見えないだけで不安になるって、どれだけ依存してるんだ？　私。

「全員！　起立！」

フィシスさんの厳しい声で、職員全員がサッと立ち上がり、直立不動になる。

「私たちの妹分が、手続きの際に何か不手際でもしましたか？　もしそうでしたら、商人ギルドへの登録を薦めた私の不手際です。何も知らない妹を責めるのはお許しください」

そう言うと、フィシスさんが職員に向けて頭を下げる。フィシスさんの妹分という単語に青ざめた職員が五人。私の受付を拒否した職員は俯いている。

アンジーさんが「そことそこ。そっちの人も。そしてあなたたち二人以外は仕事に戻ってよし！今指摘した五人は私たちとギルド長の部屋まで来なさい」と指図する。

フィシスさんの言動で、誰が対象なのかをアンジーさんの目は正しく見わけていた。指名された五人のうちの一人が「そんな……。私は彼女があなた方の妹分だなんて知らなかったから」と言い訳を口にする。

ああ。さっき流れた涙は悔しい気持ちが溢れたからだ。

私個人では何もできない。バカにされても言い返せない。言い返せば、さらにバカにされるだけだ。

でも聖女を名乗りたくはない。……たとえ、有効かつ有力な肩書きが『聖女《それ》しかない』としても。

「私がフィシスさんたちの妹じゃなかったら、どんな酷いことを言ってもいいの？　あなたたちのその基準は一体なあに？　商人ギルドは誰のためにあるの？」

私の声に、ギルド内がシーンと静まり返った。シシィさんが「ごめんね」と謝ってくれたけど、謝らないといけないのはシシィさんではない。

首を左右に振って「シシィさんが悪いんじゃないです」と呟《つぶや》くと「そうです。悪いのはギルドとあんな職員を採用して受付に配置した私であって、守備隊の、シンシア隊長が謝られる必要はありません」と受付の奥から女性の声が聞こえた。

驚いてシシィさんにしがみつく力を強くすると、「大丈夫よ。ここのギルド長のシェリアさん。フィシスのお姉さんよ」と小声で教えてくれた。フィシスさんと同じ銀色の髪で、顔立ちもフィシスさんに似ている。

シェリアさんは跳《は》ね板を上げて、私の前に出てきて頭を下げた。

「大変失礼しました。ギルドの長としてお詫び致します」

「いえ。頭を上げてください。えっと……ギルド長のせいではないです」

本人から直接名前を名乗られていないのに、他人から聞いた名前で呼ぶのは失礼だよね？　それに彼女はギルド長《責任者》として謝罪している。それなのに、この場で個人名を口にするのも違う気がする。

「ホントにもう……」

私の言葉に顔を上げたシェリアさんは、困った表情をする。

私、何かしたのかな？

そう思っていたら、シェリアさんは今まで私に向けていた表情と異なる、厳しいギルド長の顔に戻り、職員たちの方に向いて「あなたたちは今朝、私が何をお願いしたのか忘れたのですか？」と言った。

その途端ざわつく。

今朝、シェリアさんは「今日は私にとって大切なお客様が登録に来られます。決して粗相のないように応対してください」と話したそうだ。

ちゃんと「登録に来る」と言っていたのに、あろうことか受付嬢たちはギルド長の話をスルーして、失礼極まりない応対をしてしまった。

それだけでなく、バカにしてギルドから追い出そうとまでした。

バカにした相手は私だけではない。

私にギルドを紹介したフィシスさんをもバカにし、商人ギルドの質を貶《おとし》めて、ギルドの長であるシェリアさんの顔に泥を塗った。

そして、自分たちの代わりに、みんなの前でバカにした私に対して頭を下げさせるという行為をシェリアさんにさせたのだ。

ここまできて、やっと自分たちが最低な行為をしていたことに気付いたようだ。

……ここまでしないと気付けないほど、五人は愚かだったのだ。

シェリアさんは、そんな彼女たちをただ叱るだけではなく行動することで自らの過ちに気付かせた。

「二度とこのようなことが起きないよう、全職員の教育を徹底します。この件は私に一任していただけませんか？」

「はい。お願いします」

そう言って私は頭を下げた。

これで、シェリアさんの立場もギルドの面子《メンツ》も保たれるはず。私はこの件に手を出さない。訴えることはしない。だから、五人の処罰はお任せします。

言外にそう含めたことにシェリアさんは気付いたようだ。

「寛大なご配慮に感謝いたします」

シェリアさんが再び頭を下げてお礼を言う。

これで円満解決できるはず……だった。

「フィシスいるー？　あれ？　……これはナニゴト？」

ギルドに入ってきたのは、ずっといなかったミリィさん。

シシィさんの腕の中にいる私と、私に頭を下げていたシェリアさん。そして青ざめて俯いている五人と固い表情の職員。さらに厳しい表情のフィシスさんとアンジーさん。

「……エアちゃん？　………アンタら！　私のエアちゃんに何したの！　回答如何《いかん》によってはタダでは済まさないわよ！」

ミリィさんの声に、職員たちの身体が硬直する。私とシェリアさんの話で一件落着と思い、気を緩《ゆる》めていたのだ。そこにミリィさんが現れて、ギルド内に再び緊張が走った。

「ミリィ。そんなことより、エアちゃんをお願いできる？」

シシィさんの言葉に、パッと私を見たミリィさんは駆け寄ってきて、強く、それでいて優しく抱きしめてくれる。それだけで安心できた。

「ミリィ。この件はすでに話は済んでいるから。私たちは何も口出ししないわよ」

「どうして？　エアちゃんに何かあったのでしょ？」

アンジーさんの言葉に、ミリィさんは「納得できない」と訴える。

「そのエアちゃんが、シェリアにすべてを任せると言ったのよ」

「もちろん、私も厳重な処罰を考えています」

フィシスさんとシェリアさんの言葉に、まだ納得がいかない様子のミリィさん。

「ミリィさん。ギルド長がちゃんと対応してくれるって約束してくれたの。『二度と同じことを繰り返さない』って。だから……」

「…………わかった。次に何かあったら、その時は相手がシェリアでも容赦しないから」

ミリィさんは渋々という感じだったけど、それでも気持ちを抑えてくれた。

「ありがとう。ミリィお姉ちゃん」と呟《つぶや》くと、「こんな時にその呼び方をするなんて……。ずるいよ。エアちゃん」と言いながら再び優しく抱きしめてくれる。

「そうね。私たちは『エアちゃんのお姉さん』だから妹を守るのは当然だけど、だからと言って片っ端から叩きのめして回るのは違うわね」

「でも、エアちゃんを泣かしたヤツは許さないから！」

ミリィさんの宣言に、シシィさんがフィシスさんたちを見る。その様子でミリィさんは何かに気付いたみたいだが、「ミリィさん？」と聞いたら「心配しなくても大丈夫よ」と頭を撫でてくれた。

騒ぎになってしまい、周囲からの目もあるので、私の登録はギルド長の部屋でシェリアさんがすることになった。その間、五人の受付嬢は別の部屋で待機している。ミリィさんとシシィさんが彼女たちを部屋へ連れていき、今は事務長さんがお説教中とのこと。

音を遮断するため、部屋の四方に結界石を置いてその中のお説教の声は外へ漏れることはないそうだ。ただ、外の声も届かなくなるマイナス面があり、よほどのことがないとやらないらしい。

部屋の中でも結界石が使えるそうなので、今夜、宿で試してみよう。

この街は比較的静かだけど、町や村では馬車の行き交う音や、荒天で眠れないこともあるそうだ。そういう時にも使うといいらしい。

ちなみに結界石は十二個セットを購入したから、今度、テント内の部屋でも結界が張れるのか実践してみたい。

＊　＊　＊

「改めまして、商人ギルド長のシェリアでフィシスの姉です。この度は妹のフィシスから事前に話を聞いていたのに、嫌な思いをさせてしまってごめんなさいね」

私たちだけだからか、少しくだけた言葉遣いで話すシェリアさん。

今、私の前に座っているのはシェリアさんとフィシスさん。私の右横にアンジーさん、その隣にミリィさん、左横にはシシィさん。

はじめはミリィさんが横に座っていたのだけど、私を抱きしめて離さないため、アンジーさんと席を代わることになった。その様子を見て、『あの時にミリィがいなくて良かった』と思ったのだろう。顔を見合わせて苦笑し合っていた。

「はじめまして。エアと申します。私の方こそ、改めて出直せば良かったですよね。お騒がせした上に業務を妨害してしまい、本当に申し訳ございませんでした」

そう言って頭を下げると「頭を上げて！　エアちゃんのせいじゃないから！」とシェリアさんに止められた。アンジーさんからも「エアちゃんが頭を上げないと、隣の誰かさんが殴り込みに行くから。ね？」と身体を起こされた。ミリィさんを見ると、「やっぱり精神だけではなく身体も痛めつけて……」など、物騒なことを言っている。

それと同時に、ドタバタと階段を上がってくる音が響いてビクッと身体を震わすと、私の身体を支えていたアンジーさんが守るように抱きしめてくれた。その音は、そのまま部屋の前をドドドッと通り過ぎて、奥の部屋へと向かって行き……

「ここを開けなさい！　今すぐ開けないとぶち壊すわよ！」と扉を叩く、というより叩き壊しそうな音と怒鳴り声が聞こえた。

「ちょっとエリー!?」

「何やってるの！」

扉に一番近いミリィさんとシェリアさんが部屋から飛び出すと、廊下の奥へと駆け出して行った。

「何って！　私たちのエアちゃんが、この中の連中にイジメられて泣いていたって下で聞いたわよ！　よくも私たちの妹を泣かせたわねー！」

ドンドンと扉を叩いているけど、そんなことされたら余計に怖くて開けられません。……誰ですか。エリーさんにそんなこと話しちゃった人は。

「エリー。エアちゃんがさらに怯えるから、そこまでにしてね」

シシィさんに言われて、エリーさんがこちらを振り向く。私は開かれた扉の陰に隠れて覗《のぞ》いていた。

声から騒ぎの主はエリーさんだとわかったが、彼女の怒り方が尋常ではない。そのため、私は『保護対象』から外れなかった。

こんなに怒らせてしまって申し訳なかった。

「エアちゃん。大丈夫？　エアちゃんをイジメた連中は私が……」

「エリーさん、ダメです。その人たちのことは、シェリアさんに任せたの。……だから、誰にも手を出しちゃダメ。シェリアさんの顔が潰れちゃう」

「エリー。シェリアの顔が潰れるのは構わないけど、シェリアに一任したエアちゃんの顔も潰すことになるわよ」

「ちょっとフィシス。私の顔を簡単に潰さないでよ」と呟《つぶや》いたシェリアさん。

「今までも散々潰されてきたんだから、今さらでしょ？」とフィシスさんから冷たく言われていた。

色々と大変なことがあって、シェリアさんの顔は泥を塗られたり潰されてきたんだね。

「エアちゃんは、それでいいの？」

エリーさんに聞かれてコクンと頷く。だって一任した時点で、この問題は私の手を離れてシェリアさんに移ったのだから。

「わかったわ。エアちゃんがそれでいいなら。でもシェリア。手緩《てぬる》い処罰をしたら、私が追加制裁するからね」

「ええ。任せて。エアちゃんにも厳重に処罰するって約束したから」

部屋の中にいる受付嬢がこの会話を聞いたなら、きっと「もう一度やり直したい」と思うことだろう。シェリアさんとミリィさんとエリーさん。そしてフィシスさんとシシィさんとアンジーさん。この六人を怒らせてしまったのだから。

でも時間は巻き戻らない。ただ流れていくだけ。

今回私にしたことは、これまで何度も繰り返されていたのではないか？　それまでは泣き寝入りしていて、シェリアさんの耳まで届かず大事《おおごと》にならなかった。件《くだん》の五人は一度も注意をされたことがないからこそ、『大したことではない』と揶揄《からか》い半分で続けてきたのだろう。

今回、ギルド長の実妹をはじめとした四人が認めた妹分をいつものようにバカにした結果、ギルド長が頭を下げることになった。あの人たちの表情からも、今回は『運が悪かっただけ』としか思っていない。ほとぼりが冷めたら、同じことを繰り返すだろう。

しかし、シェリアさんもほかの皆さんも、そのことには気付いている様子。

だからこそ『厳しい処罰』を約束してくれたのだ。

シェリアさんを信じて、二度と同じ過ちが繰り返されないことを願うしかない。

商人ギルドの説明はすでにフィシスさんから聞いていたため、私は端末に身分証を載せるだけで登録は終わった。そして、シェリアさんとフレンド登録をした。

ミリィさんも「シェリアなら役に立つと思うよ」と言ってくれた。シェリアさんは「ちょっとー。役に立つってなんなのよ」と反論していたが、フィシスさんたちから「商品の情報とか詳しいわね」「取得したアイテムでわからないことがあればメールで聞けるわね」などと言われると、「ああ。確かにそうね」と納得していた。

エリーさんがギルドに来たのには、何か理由があったのだろう。私の用事が終わり、エリーさんにそう尋ねると「ああ」と頷いていた。だから私は一人で退出することにした。

「このままいてもいい」と言われたが、調味料を買いたいし、屋台や露店で売られている商品を見て回りたかったのもある。それにマーレンくんに「早く帰る」って約束したからね。

「ここも登録者初回特権があるから、大量買いするといいよ」とエリーさんが笑って教えてくれた。

「でも、その特権は屋台や露店では効かないからね」とシェリアさん。きっとそれが原因でトラブルがあったのだろう。


皆に礼を言ってから退室して一階に降りる。

手の空《あ》いている職員が頭を下げてくれたため「お騒がせしました」と頭を下げてから、内部で繋がっている隣の『何でも屋』へ入った。

本当に、香辛料などが日本の専門店以上に揃っていて、再び「ここは日本のどこかで、これは『ドッキリ』などの撮影ではないだろうか」と思ってしまった。

胡椒《こしょう》も白と黒があり、ミルも手動と電動……魔動と言うべきかな？　風属性の魔石が組み込まれた物が販売されていた。塩も食塩や、色んな色の岩塩なども揃っている。そうなると、全品を揃えたくなるもの。さらに各種チーズもあり、それぞれにあわせたおろし金も購入。

そして懐かしい、我が家でも使っていたかつお節削り器を見つけた。そばにはやはり硬いかつお節も売っている。このかつお節をお兄ちゃんと持ってカンカンとチャンバラみたいに遊んでいると、「そいつは食いもんだ。食いもんで遊んだら目ェが潰れっぞ！」とおばあちゃんに叱られたっけ。

懐かしく思い出して見ていたら、「おっ。そいつらを買うのか？」と店員のおじさんが話しかけてきたので「ここへ来る前に、うちでよく使ってました」と答えた。

もちろん、迷わず購入。かつお節は二本購入。流通しているとはいえ、予備があるっていうのは気持ち的に余裕ができるから大事だと思う。

オレガノやターメリックなどの香辛料やスパイスも、スーパーで見かけたお手軽サイズから、少し大きめのビンまで量もさまざま置いてあった。

見ていると何でも欲しくなり、結局、店内の全ての商品を買い漁っていた。

塩や胡椒《こしょう》、砂糖などの料理や製菓で頻繁に使うものは大量買い。

料理油や、オリーブオイルみたいな香りのついた油も樽単位で大量買い。

それらは、収納ボックスに入れておけば鮮度も保たれるから大量購入しても安心できる。

最初、業者のように大量購入してもよいか店員さんに聞いたら、「収納ボックスを持ってる人なら大量買いは当たり前」と教えてくれた。私以外にも大量購入している人たちは多いようで、不審がられずに済んだ。

購入金額は初回割引で三割。ギルド会員である特権で二割引ということで、合計で三万ジルを超えた金額だった。

それでも良い質の商品が購入できたので、これで美味《おい》しい料理が作れると思うと嬉しくて気分も上昇した。

そのまま屋台や露店に向かい、粉屋さんで小麦粉を八十トンと片栗粉を四トン、白米五百トンを購入。

ついでにケンカも叩き売りされたので買わせてもらった。

その屋台は「在庫はいくらでもある」という話とともに、貴族の家に卸していると自慢していた。

実際に身なりの良い執事みたいな格好の人が買いに来ていたし、周りが「あれはどこどこのお屋敷の人だ」などと話していた。

でも、私が商品を見ている時にお店の人が私に向かって言ってきたんだ。「ウチは貧乏人が端金《はしたがね》で買えるような商品は置いていない」って見下す言葉とか、「できるもんなら買い占めてみろ」って挑発《ケンカ》を。ご希望通り全部を購入するだけのお金はある。だから買い取ってもいいのだろう。しかし『買い占めはダメだよね』と思い、「全商品、在庫の半分をください」と言ったら目を丸くされた。

収納ボックスに商品があるらしく、金額を提示される。

ただ、最初に提示された金額が「店頭価格×重量」より割高だったから、まず店頭価格と違うことを指摘し、小声で「これ以上、店の名前を汚《けが》すおつもりですか？」と尋ねたら、やっと周囲の目に気付いたのだろう。ほかの客からヒソヒソと言われて侮蔑の視線で見られているのは店側だ。客を見下し暴言で挑発しているからね。

分が悪いと気付いた店主がすぐに『まとめ買い価格』を提示してきた。それにしては店頭価格の半額以下なんだけど……

客の上辺《うわべ》だけを見て値段をふっかけたり半額以下で取り引きを申し出たり。自分に不利な状況になると、トラブルを穏便に解決させようという強《したた》かな商人という仮面はすでに周囲にバレているようだ。それでもこれ以上横柄な態度を続けていると店の名前を汚すことになる。騒動に巻き込まれたくない貴族から見向きされなくなれば、悪評が拡散してさらに店の評判は落ちるだろう。

周囲が正しい目で判断しているようなので、必死に値下げで済まそうとしている店主の話に乗っても、私の評価が下がることはないと判断し、その金額で購入した。

収納ボックス内にあるアイテムの取り引きは、ステータス画面から行われる。表示された取り引き相手の名前をタッチして、店側の商品と量、そして価格に納得したら商品名をタッチする。

そうすると、お金が送金されて商品が収納ボックスに入る。

これは個人間でもやり取りが可能だと、昨日教えてもらった。そのあと、店が収納ボックスからの取引を許可しているならフレンド登録をしてもいいのだと。

遠く離れていても、メールだけではなく、プレゼントや代理購入などでも繋がれるそうだ。その場合、収納ボックスの有無は必要ないらしい。収納ボックスを持っていなければ、『受け取る』をタッチすれば任意の場所に現れる。そこは収納ボックスから荷物を取り出すのと同じ方法だ。

そのため収納ボックスを持っている人は誰でも、出掛ける時は持ち歩いている。

そして、一度でも実際のお店で購入したら、そのやり取りが可能な場合もあるらしい。昨日のスイーツ専門店もそのシステムに参加しているようなので、後でやってみようかな。

……サイトに接続して通販するようだとも思ったが、今みたいに個人間でもやり取り可能な所は通販と言うよりネットの個人取り引きかな？

粉屋さんで購入した後、フレンドの『取引店』から昨日のスイーツ専門店を見つけてタッチ。すると商品の写真と値段が表示されていた。

その中からフルーツゼリーを七個選択。すると合計金額が表示されたため、金額をタッチ。

収納ボックスに商品が追加されたのを確認して、シェリアさんに「まだ皆さんいますか？」と確認のチャット。すぐに「フィシスたちならいるわよ」と返信がきた。

「エリーさんもまだ一緒ですか？」と聞いたら、今度はエリーさんからチャットで「何かあったの？　また何か困ったこと？」と届いた。「いいえ。大丈夫です」とエリーさんに返信した後、シェリアさんにさっき購入したゼリーを六個プレゼントで送信。

シェリアさんのチャットには「先程のお詫びと感謝です。皆さんで召し上がってください」と送り、フィシスさんには「昨日教えていただいた方法で、スイーツ店からフレンド経由で購入してみました」と送信。

昨日のパウンドケーキで起きた騒ぎを思い出して、今ごろ歓喜で大騒ぎしているんだろうな～と思いながら、露店でさまざまな野菜を買ってから宿へ帰った。

＊＊＊

「あ！　お姉ちゃんお帰り～！」

宿に帰るとマーレンくんが笑顔で駆け寄ってきて、「もうご飯食べる？」と聞いてきた。

それに苦笑しながら「まだ早くない？」と尋ねると、自身のステータス画面で時間を確認したようで「まだ早いね」と残念そうに呟《つぶや》く。まだ十六時三十分。早い夕食にするとしても……あと一時間は遅く食べたい。

その様子をカウンターに立つママさんが、クスクス笑ってみていた。

「マーレンくん。ユーシスくんは？」

「お兄ちゃんならパパの手伝いでキッチンにいるよ。呼んでくる？」

「……いるよ」

厨房からちょうど出てきたユーシスくん。多分、私の声が聞こえて出てきてくれたのだろう。

「マーレンくんもユーシスくんも。ちょっとイイ？」

「なに？」

「どうしたの？」

カウンターに近寄った私についてくるマーレンくんと、カウンターで待っているユーシスくん。

二人に、屋台で購入してきたクッキーを一袋ずつ手渡す。

「商人ギルドまで案内してくれたお礼。大まかな場所しか知らなかったから、あの時二人が私に気付いて声を掛けてくれて助かったよ。本当にありがとう」

そう言って頭を下げると、二人は照れくさそうに顔を見合わせて笑う。

そんな二人に「ちょっと、あなたたち……」とママさんが呆れを含んだ声を出した。

何か問題あるのかを聞いたら、お使いに行った二人が予定より遅く帰ってきた。それで理由を聞いても「屋台を見てきた」と言っただけで、それ以外のことは言わなかったらしい。

両親からは「お客様のことは口が裂けても言ってはいけない」と教えられていて、二人はそれを守ったようだ。

その代わりに「寄り道をした」として、ママさんからお説教を受けたそうだ。それでも二人は言い訳をしなかった。

「二人は偉いね。ちゃんと両親の言いつけを守って。叱られても客《わたし》の道案内をしてくれたこと、言わなかったんだね。すごいね。立派だね」

そう誉めたら、「当たり前のことをしただけ」とぶっきらぼうに言って顔を背けたユーシスくん。

でも、彼の耳と首は真っ赤だった。

逆に自慢するように胸を張っているマーレンくん。

「一度に全部食べないようにね」と注意すると、マーレンくんがギクリとした。

「ご飯前に食べたら、夕食が入らないよ？」

「一枚……」

「自分のお腹と相談してね」

私の声に返事をするように、ぐうーとマーレンくんのお腹が鳴った。

「ちょっとマーレン。私たちが、ご飯を食べさせていないみたいじゃない」

「お前、寄り道した罰だと言って……二人を昼ごはん抜きにしただろ」

ママさんの言葉に、厨房にいたパパさんが出てきながらマーレンくんをかばう。

あら。昼食抜きの罰を受けていたんですか。マーレンくんのお腹は本人と同じく素直でした。

「仕方がないから、今は半分だけよ」

ママさんの許可が出ると、二人はカウンターで美味《おい》しそうにクッキーを頬張りだした。

いったん厨房に入ったパパさんがミルクを持って戻って来て二人の前に置くと、二人はイッキ飲みした。よっぽどお腹が空《す》いていたのだろう。それでも、それを顔に出さなかった二人は『大人』だ。

「ホントにすみません」

ママさんが赤い顔で、恥ずかしそうにしながら謝罪してくる。

「お前たち。クッキーを頂いたお礼は言ったのか？」

「あ、いえ。クッキーは私からのお礼なので」

「お姉ちゃん。ありがとう！」

「……ありがとう」

パパさんに言われて、二人が素直にお礼を言ってくれた。ちゃんと、口の中のものを呑み込んでから。

両親のシツケがちゃんと身についているんだね。

部屋に戻って武器の登録などをしていると、アンジーさんからチャットが届いた。

「ゼリー美味《おい》しかったわ。ありがとう」

直後に、シシィさん、フィシスさん、エリーさんの順にお礼のチャットが届いた。ミリィさんの分はシシィさんから。シェリアさんの分はフィシスさんのチャットからお礼が届いた。ミリィさんとはまだフレンド登録ができていないし、シェリアさんは今、教育的指導の真っ最中なのだろう。

全員に、改めて商人ギルドでの騒動の謝罪とお礼をして、ミリィさんとシェリアさんにも伝えてもらえるようにお願いした。

翌朝、朝食を済ますとそのまま王都を出た。

前日に冒険者ギルド併設の何でも屋で教えてもらった『初心者用ダンジョン』に向かうためだ。

早朝にもかかわらず、門の往来は激しかった。門は夜間に閉められるわけではないが、収納ボックスを持たない近隣の農村から朝市にあわせて王都へ来たり商人たちが王都に入る時間と重なったりするそうだ。中に入らず城壁の広場に露店を開く人たちもいる。

そのため、順番を待っている私には彼らの荷馬車に乗っている商品を見たり、周りを確認する余裕があった。

出入りの際には身分証をタッチ端末にあてる。お店の支払いなどに使われているタッチ端末と違い、水晶玉を斜め半分に切り取った形だ。それが門番とチェックを受ける側に置かれている。入る側の門番の水晶玉がチラリと見えたが、切り取られた部分に名前と犯罪履歴が表示されているようだ。

チェックを受ける側はただ緑色に光るだけだった。時々、チェックを受ける側の水晶玉が赤く光ることがある。そんな人は王都に入れなかった。周りで順番待ちをしている人たちの会話から前科者だとわかった。

前科者でも、街ごとに入れる基準が違う。王都は前科者に厳しいらしい。ほかの町や村には入れても、王都には入ることが難しい。

式典などがあると、前科者は一人も入れなくなるそうだ。王都にいる前科者は王都から追い出され、罰を受けている最中のため王都から出られない人たちはスラム街の宿に押し込められて、期間中は外出を禁止される決まりになっている。

出ていく側の水晶玉も、緑色に光っている人は問題なく王都を出られた。

もうすぐ自分の番だと思っていたら、私の少し前に並んでいた三人組の一人が黄色に光った。と同時に、三人組は外へと駆け出して行った。彼らは出入り口横の扉から飛び出した門兵たちに、押さえつけられ、王都から出ることができなかった。

門兵たちの怒鳴り声から、彼らは罪を犯して償っている途中で、王都から出られない……『行動制限』を受けている受刑者のようだ。

この場合は『逃亡』が追加されて罪が重くなると言っていた。協力した人も共犯者として罪を問われるとも。だから三人で逃げたのだろう。

私の身分証はお城の人たちが作らせた物だ。何か細工でもされていないか心配したけど、「冒険者ですか？　お気を付けて」と声を掛けてもらえた。そういえば、冒険者の人には同じように声をかけている。名前や犯罪履歴だけでなく、称号も確認されているのだろう。この世界は冒険者に優しいのだろうか？

私が表示させている称号は『冒険者』だけだ。ほかの称号は非表示のまま。やはり、非表示にしていると、他者には読みとることが不可能のようだ。

ここで『聖女』なんて読み取られていたら、こんなにアッサリと王都から出ることはできなかっただろう。

王都の外に出ると、ステータス画面から透明な地図が開いて、近くの迷宮が示された。その中から『はじまりの迷宮』をタッチ。目の前にある三方向にわかれた道の一つに矢印が出て、洞窟までの道案内をしてくれるようだ。

矢印に沿って平原の中の道を進んで行く。

これは冒険者特権らしく、冒険者関係のことしか機能しないらしい。そのため、昨日は商人ギルドへの道案内が出なかった。

昨日、私の夕食はマーレンくんが頑張って作ったハンバーグステーキだった。

と言っても、マーレンくんは「成形しただけ」とのこと。子どもは体温が高く、肉を捏《こ》ねていると肉が温《ぬる》くなって味が落ちてしまう。

家庭料理なら良いが、それでお金を貰うからね。私ひとり分をわけて作ってくれても良かったが、味が変わってしまう可能性もある。でも一生懸命成形したり、お皿に野菜を盛ったりしてくれたらしい。

前日、傷を治してあげたお礼とのこと。そしてユーシスくんが作ったパンも添えられていた。

フランスパンに似ているが、この世界では『棒パン』と言うらしい。コッペパンなど、形の長いパンを総称して『棒パン』。ロールパンやベーグルは『丸パン』。コロネやクロワッサンは『うずまきパン』。個別にパンの名前はついていなかった。

今朝、朝食前に洞窟へ探検に行ってくる話をしたら、二人にひどく心配された。まだ王都に来たばかりなので、今日は日帰りで初心者用の簡単な洞窟に入ってくることを伝えたら、少しは落ち着いてくれたが。

二人とはちゃんと無事に帰ると約束もした。

宿の方は、部屋はそのままで、留守をしていた期間はその分延長して泊まれるらしい。それはこの世界、どこの町でも国でも同じとのこと。

ちなみに予定通り二十四日で退去する場合は、その分を差し引いた金額が返金される仕組みになっているらしい。

エリーさんの説明では、冒険者の中には拠点を作らないで活動する人もいるそうだ。王都の分厚い城壁の下にある城門広場が大きく開放されていて、雨露を凌《しの》ぐこともできる。テントの中が快適のため、屋台で料理を購入して持ち帰るか食堂で食べるかするらしい。そんな冒険者のテントが百人分張られても屋台や露天商の馬車を百台並べても、まだまだ余裕な広さを有している。

なお、この分厚い城壁内は城門を守る兵士たちの宿舎にもなっている。

外敵の強襲など、有事《ゆうじ》の際に素早く駆け付けられるようになっているのだろう。

宿を出る前に、ユーシスくんとマーレンくんからサンドウィッチを受けとった。私が出かけることを聞いて、急いで作ってくれたようだ。

籐《とう》製のバスケットに入れて無言で渡してくれたのは、『無事に帰ってきて』という隠れた願いが込められているのだろう。冒険者に直接伝えるのは、『実力が足りないから、生きて帰れるか心配だ』と言っているのと同じらしい。無事を願い手を合わせる行為も、冒険者には『不吉な暗示』として嫌われる行為。そのことを二人はちゃんと知っていた。

受けとったバスケットはそのまま収納ボックスに入れたため、バスケットの中身がリスト化されて表示され、中身がサンドウィッチだと知ることができた。

ほかにもスープを作ってくれたようで、ランチタイムが今から楽しみだ。

第三章

草原の中をのんびり歩いて三十分。左手に森が見えてきた。森の入り口近くにいるロップイヤーのウサギさんには、小さなツノが二本生えている。ツノありでも一見可愛いいが、口から鋭くはみ出しているのは犬歯だろう。

道は森の中へと続いているため、肉食系ウサギさんに気付かれる前に攻撃することにした。

では、初級魔法の風属性を実践してみよう。

本には『風刃《ふうじん》』とあったが、ゲームみたいに『ウインドカッター』としてみる。

この字をあてたのは、『ふうじん』の説明に『風でできた刃《やいば》が敵を切り刻む』とあったから。間違って『風神』をイメージして発動させたら、恐ろしい結果が待っている気がする。

ウサギに向けて手を伸ばす時に、『ウインドカッター』と思い浮かべる。すると、手の前の空間から半円状の風の刃《やいば》がいくつも飛び出し、ウサギを切り刻んだ。これではカッターではなく『かまいたち』だ。

地に倒れたウサギに手を伸ばし、『収納』と思い浮かべただけでウサギの姿は消えてなくなり、収納ボックスには自動で解体されたアイテムが入っていた。

ウサギの肉1／ウサギのツノ2／ウサギのキバ2／ウサギの皮1
地の魔石1／ルビー2

そして、レベルが一つ上がって9に。ステータスになかった風属性がレベル1で表示された。

森の中へ入っても、木漏れ日が差し込むため薄暗いとは感じず、思わず森林浴に来た気分になった。しかし、ここは魔物が棲《す》む世界。

日本だと癒やしスポットに認定されそうなこの森でも、日本で見かける野生動物に似てるのに凶暴そうな魔物が現れるわけで……

おでこにツノを一本生やしたイノシシさんが、ツノの生えていない二回りほど小さな六頭のイノシシたちを引き連れていた。猪突猛進《ちょとつもうしん》なところは、どちらの世界でも変わらない様子。こちらを発見すると、ものすごい勢いで走ってくる。思わず本能で『落とし穴』を思い浮かべたら、私とイノシシたちの間に深さ三メートルほどの大穴が開いて、イノシシたちはその中に落ちていった。

……ごめんなさい。その穴の底には、先の尖った丸太の杭が剣山のように並んでいるのを、咄嗟《とっさ》に思い浮かべてしまっていた。穴の縁《ふち》に跪《ひざまず》いて、恐《おそ》る恐《おそ》る中を覗《のぞ》くと、イノシシたちは杭に刺さって絶命していた。

残酷なようだが、痛みは一瞬で、苦しむことはなかっただろう。

私は冒険者の道を選んだ時点で、生命を奪う覚悟をした。それでも苦しませる殺し方は避けたいのだ。そんなことを言うとミリィさんたちには「甘い！」と言われそうだけど……

生命を奪う覚悟をしたと同時に、生命を奪われる覚悟もしている。

魔物も同様ではないだろうか？

弱肉強食と自然淘汰。

この世界では、それが当たり前だ。

……いいや、きっと違う。

私の世界でも、日本が平和だっただけで、ほかの国ではそれが当たり前だったかもしれない。ただ、日本ではあまりニュースにならなかっただけで。それだけなのかもしれない。

私たちがすべきことは、奪った生命を無駄にしないこと。

両手を合わせてから、イノシシたちに手を伸ばして収納する。


イノシシの肉2／上イノシシの肉4／特上イノシシの肉1／イノシシのキバ14／

イノシシのツノ1／イノシシの皮6／イノシシの毛皮1／イノシシの肝6
イノシシの貴石1／地の魔石15

穴に手を向けて『状態回復』をかける。本来は人の異常回復のために使う魔法だけど、こうして元に戻すことにも使われていると本には書いてあった。

……。

最初のウサギを倒した時も、地面に血などが残っていたから、状態回復をかけた。そうしないと、血の臭いで別の魔物が現れるから。

そんな魔物を狙って強力な魔物が現れても困る。

それにしても……ここは『初心者用のダンジョン』に続く道。それもまだ森の入り口だ。こんなに強い魔物が、頻繁に現れるものだろうか？

先ほど、ウサギ一体を倒して上がったレベルが、イノシシ六体とツノありイノシシ一体を倒しただけで、９から13に上がった。

イノシシ六体はともかく、多分ツノありイノシシが強かったのだろう。

誰かに確認したいけど、まだ早い時間だ。出勤前に手を煩《わずら》わすこともない。

地図で確認すると、この先に小高い丘があり、そこにダンジョンの入り口があるようだ。のんびり探索気分で道なりに進んでいく。途中、やはり冒険者特権で表示される薬草を見つけては、小さな風魔法でカットして収納ボックスに保存していった。

中には『根っこが薬草』というのもあったため、薬草の周辺の地面に水を注ぎ込んで泥濘《ぬかるみ》にしてから引っこ抜いた。こうすると、傷つけずに採取できる。よく、雑草を抜く前に如雨露《じょうろ》で水を撒いて、地面を柔らかくしてから抜いてた経験が役に立った。

その後は、地面に乾燥魔法をかけることで、元の状態に戻していく。抜いてできた穴に周囲の泥濘《ぬかるみ》が沈み、それを乾燥させたため、少し地面が窪《くぼ》んだようになったが、石が取り除かれた程度の深さで気付かれにくいだろう。

木の根元には、食用・薬用のキノコも生えていたため、それらも収穫していった。それは収納ボックス内で、ちゃんと『食用』と『薬用』で分類されて保管された。

収納ボックスには、有能な機能が付いているようだ。それともこの機能も冒険者特権なのだろうか？


小高い丘に着いて右回りで進むと、高さ一メートルほどの穴が開いていた。その周囲がレンガで強化されているから、ここがダンジョンの入り口だろう。

地図で確認しても、間違いはないようだった。

一歩中に入ると、それまで開いていた地図は消えて、まるでアリの巣みたいな地図が開いた。ゲームみたいに『カクカク』の不自然な洞窟ではないようだ。

中は管理された洞窟らしく、等間隔に灯りがついている。

私が入る前から点《つ》いていたので、常時点いているのか先客がいるのか。先客がいた場合、相手に迷惑が掛からないように注意が必要だ。

洞窟に入ってすぐ自分より大きなアリが現れたが、『ウインドカッター』で頭部の真下を切ったら終わった。直後にアリが集団で襲い掛かってきたが、それは『竜巻』で瞬殺だった。

アリは集団行動をする。だから、最初の一匹目は先発だったのだろう。そのため後続が現れることが予見できたため、集団で襲われても対処できた。

アリの死骸を収納して先に進もう。

アントの触角20／アントの折れた触角18／アントの千切れた触角４／アントの甘いみつ１５５
地の魔石31

この『アントの甘いみつ』ってなんだろう？

そう思ってアイテム名をタッチすると説明が別枠で開いた。

『アントの腹部に溜められた甘いみつ。一般に流通されにくいため、貴重品扱いされている』

十五センチ位のビンに入ったオレンジ色の液体の写真付き。

この小さなビンに小分けされているから、数が多いようだ。

ここはまだ入り口に近い通路で、最初の広場まで辿り着いていない。それなのに、すでにアリだけで二十匹以上。これで『初心者用』とは……おかしくないだろうか？

現在の私のレベルが21。昨日の酔っ払い冒険者たちでさえ、レベルは800前後。そんな彼らはまだ中級者になりたてだと聞いた。だから私はまだまだ『ひよっこ冒険者』だろう。そんなひよっこたちでも一人で入れる洞窟だと聞いてきたのだが……

ここまでの道にいたイノシシたちに、この洞窟で現れたアリたち。

「どう考えても初心者向けではないですね」

これが『私たちが聖女として召喚された理由』だろうか？

ちょっと不本意ですが、自分のレベルアップのためにお掃除をしていこう。


「そろそろ、お昼休憩にしましょうか」

目の前のアリたちにかまいたちを放って、収納してから、脇にある広場に入った。入り口に結界が張られていたが、これは『魔物よけ』のようだ。ここに来るまでも、いくつか結界に守られた部屋があり、中には不自然な宝箱が置かれている。

今までどれだけの人たちが入ったのだろう？　その人たちは今まで宝箱を開けたことがないのだろうか？

そう誤解してしまうくらい、宝箱の中には様々なアイテムが入っていた。

ここは地下三階にある広場の一つ。ダンジョンの情報から、ここは地下四階まであるらしい。

そして、アリの討伐《とうばつ》数はすでに四百四を超えている。そのせいだろうか。数時間で私のレベルは100に到達した。

アリは集団で襲ってくるが、通路では一列でしか進めず、風の魔法を一直線に放つと真っ二つになって戦闘終了になる。倒した後は死骸を収納して、通路をきれいにしないと先へは進めない。そのため、アイテムの量が半端ない状態になっている。

希少性の高い『アントの甘いみつ』だけど、すでに一万個を超えた。奥に進むにしたがってアリの出現が増え、手に入るみつの量が増えたのが原因だ。

これでは貴重品の看板は返上になりそう。

シェリアさんなら私から全部買い占めて、少しずつ流通させて、希少性の価値を残すかも知れない……

地面に結界石を四角く置くと、高さ三メートルの四角錐《すい》の結界が張られた。

この広場は入り口に結界が張られ、魔物から守られている。しかし相手は地面に穴を掘って巣作りをする生態のアリだ。だから、どこからアリが現れるかわからない。警戒をし過ぎても損するものではない。思いもしない方法で攻撃を受けるよりはマシだ。

床にシートを敷き、その上に高さ三十センチの折りたたみテーブルを取り出した。座布団代わりのビーズクッションも出してその上に座る。

出発前にマーレンくんたちがくれたバスケットを取り出してフタを開けると、美味《おい》しそうなサンドウィッチが入っていた。

スープにサラダ。それに、昨日買ったけど食べなかったフルーツゼリーを追加した。

それらをテーブルの上に並べて、ランチタイム開始。

鶏のささみに似た肉を解《ほぐ》して、それにマスタードとマヨネーズを混ぜたソースで味付けしたものが、十センチのバケットに挟まれていた。ほかにもハムとチーズが挟んであったり、卵の輪切りを挟んだものなどがあり、どれも美味《おい》しかった。

あの短時間で、よくここまで美味《おい》しいランチを用意してくれました。さすが『食堂の息子』です。

そして、スープは宿泊初日の夕食に出されたコーンクリームスープだった。デザートに出したゼリーはやはり人気店なだけあって、フルーツは甘くて美味《おい》しかった。

スープとサラダの入っていた器とスプーンを洗浄魔法できれいにしてからバスケットに戻して収納ボックスにしまった。

さあ。休憩ついでに、ステータス画面を開いて今までの戦闘情報を確認しようか。

ここのダンジョン名は『はじまりの迷宮』。大丈夫、間違っていない。

詳細には、地下四階で魔物が比較的弱い、初心者向けのダンジョン……

「って、ウソつき」

おっと、思わず本音が飛び出してしまったが、それも仕方がないだろう。『看板に偽《いつわ》りあり』なのだから。いや、誰も知らないうちに、看板を挿《す》げ替えられていたのだ。

倒した魔物欄に並んでいるのは、間違いなく初心者向けのウサギ。ちょっとランクが上の人用のイノシシ。それよりちょっと強めのイノシシ。

………そして、中級者になりたての人がレベルアップにもってこいのアリ。

時々、軍隊アリも突撃してくる。そのすべてを総称して『アント』と呼ぶらしい。しかし、私に

はアリ以外の呼び名は慣れない。ということで、この先もアリでいこう。ただし、ほかの人との会話ではアントと呼ばないといけないが。

そうだ。フィシスさんたちに連絡しなきゃ。

このダンジョンのことを詳しく聞きたい。

地図を確認した時に感じた通り、どう考えても『アリの巣』にしか思えない。

そう思ってチャットを開いたら誰とも連絡が取れなかった。同じ街にいないと、チャットはできないんだったね。そのため、フィシスさんにメールを送ろうと考えてメール画面を開けた瞬間、そのフィシスさんからメールが届いていた。

タイトルは『今どこ⁉』。メールの内容は『エアちゃん。チャットが送れないけど、王都の外にいるの？』だった。

時間は約一時間前。返事がないため、きっと心配させているだろう。

『今「はじまりの迷宮」にいます。ご心配かけてすみません。

実は、ここに来るまでの森の入り口にイノシシが六頭、ツノのあるイノシシが一頭、現れました。

さらに現在潜っている「はじまりの迷宮」は、アントたちに占拠されて「アントの巣」になっています。

ほかの魔物は一体も現れていません』

そう返事を書いて送信。

内容はすべて、ひらがなとカタカナ。そして句読点代わりにスペースと改行。

誤字脱字があったらゴメンナサイ。

『エアちゃん。大丈夫？　ケガはしていない？』

フィシスさんからすぐに返信が届いた。

やはり心配させていたようだ。

『大丈夫です。周囲に結界を張って、お昼を食べて休憩していました』

『広場には魔物よけの結界が張ってあるわよ』

『はい。今はそこにいます。ですが相手はアントなので、壁に穴を開けて侵入してこないとも限らないので』

そう。アリはアゴが発達してて、物を挟んだりできる。働きアリは、そのアゴを使って巣を作るのだ。

『エアちゃん。フレンド画面の「つうわ」は使えそう？』

メールを閉じてフレンド欄を開くと、フィシスさんたちの名前の横に『チャット』『メール』『つうわ』の表示があった。通話……ハンズフリーの電話ということだろうか？　ちなみに、使えるメールは白くなっているが、チャットはグレーになっている。『つうわ』は、白くなっているので使えるのだろう。

フィシスさんの『つうわ』をタッチすると、すぐに「エアちゃん？　エアちゃんね？」と声が聞こえてきた。

「フィシスさん。今、お話ししていても大丈夫ですか？」

「エアちゃん！　聞こえる？　大丈夫！　ケガしてない？」

「しー！　エアちゃんは今ダンジョンの中なのよ。大きな声を出して魔物が寄ってきたらどうするの」

ミリィさんの声が聞こえて、続けてアンジーさんの注意する声が届いた。私も皆さんの声が聞こえて、安心からほんの少し涙が零《こぼ》れた。

涙を拭いて、フィシスさんに報告することがある。

「フィシスさん。今このダンジョンはメールに書いた通りの状態です」

「エアちゃん。冒険者ギルドに報告したいの。詳しく教えてもらえるかしら？」

私は、森の入り口でイノシシたちが襲ってきて倒したこと。中の一頭はツノがあったこと。ダンジョンに入ってすぐの通路に、アントが二十匹以上現れたこと。その後もアントが集団で現れていること。討伐《とうばつ》したアントは、すでに四百匹を超えていることを伝えた。

「今何階にいるの？」

「地下三階です」

「地下三階でアントがすでに四百匹!?」

「ほかの魔物は一匹も出ていません」

「本来なら、そのダンジョンにはネズミやウサギが出るだけなのよ」

「ツノ付きの？」

「そうよ」

「ウサギでしたら、森の入り口でイノシシに遭遇する前に現れました」

「ツノ付きの？」

「はい。キバ付きで」

「変だわ。そんな報告は届いてないわ」とアンジーさんの小さな声が聞こえてきた。やはり、この世界でも『ホウ・レン・ソウ』は必須のようだ。

「ツノ付きでキバ付きのウサギは、初心者向けのダンジョンの下層域以外には出ないハズよ」

「……エアちゃんの言う通り、ダンジョンが『アントの巣』になってる可能性があるわね」

「エアちゃんが倒したのも、それが原因でダンジョンから追い出されたか逃げ出したウサギってこと？」

「そうなるわね」

ふと軽い地響きが聞こえた。地図を確認すると魔物……アリだろう。それが近付いてきた。

その音は通話を通してフィシスさんたちにも届いたようだ。

「何？　なんの音？」

「アントの襲撃です。ごめんなさい。通話を終了しますね」

「え？　ちょっとエアちゃん！」

最後にミリィさんの声が聞こえたけど、通話を終了した。すぐに広げていたアイテムと結界石を収納して広場の外、通路へと出た。

通路の先からアリたちが大顎《おおあご》をガチガチ鳴らしながら大量で押し寄せてくるのが見えた。

「ストーム」

口に出しただけで、手を伸ばさなくても魔法が発動した。

一人の時はいいけど、誰かいる時は止めよう。この世界の魔法は『ひらがな』だけなので、カタカナで発動する魔法は一切ない。本に載っていたのはひらがなだった。だからこそ、私のゲーム知識で発動する魔法を知られたら、異世界から来たとバレかねない。

もちろん、頭に浮かべるだけで口に出さなければバレないので、口に出さない練習が必要だ。

それにしても発音が曖昧だったのだろうか？　『嵐《ストーム》』を発動させたつもりだったのが『ストーン』……こぶし大の石が天井付近から大量に落ちてきて、アリの頭を潰したことがある。

結果オーライだったが、発音には注意が必要だと痛感した。今回は成功したようで、真っ二つになっていた。

死骸を収納して空間を回復させてから、そのまま先へと進む。進むにしたがって、一度に襲ってくるアリの数が増えている。ここが本当にアリの巣なら、働きアリが戻ってくる可能性があった。

最初の遭遇でそのことに思い至り、ダンジョンの入り口に結界石を二個置いて『魔物の侵入禁止』にしてきた。結界石を二個使って張る結界は、四個使う結界とは違う。ちょうど広場の入り口に張られたような『〇〇よけ』という使い方になる。

ダンジョンの外側には、『魔物による破壊防止』の魔法が掛かっていると、魔法の本に書いてあった。そのため、どんな魔物でも壊されることはない。

だから、入り口からダンジョンの中に入れないようにしてきた。挟み撃ちにあいたくないから、その可能性を少しでも減らしたのだ。今のところは、後ろからの襲撃はない。

地図を確認しながら、通路を進んでいく。隠れて待ち伏せすることがないのは、姿が大きくなっても脳は『虫のまま』だからだろう。戦闘初心者の私にとって、それは大変助かっている。

今、私は左側の壁を確認しながら、通路を行ったり来たりしていた。地図に書かれた部屋が見当たらなかったのだ。床を確認しながら歩いていると、床に何かを引き摺《ず》ったような跡《あと》が残っていた。……隠し部屋になっていたようだ。

一メートルほどの高さの扉を調べると窪《くぼ》みが見つかり、手をかけるとなんの抵抗もなく手前に開いた。

開いた扉から中を確認すると、様々な宝物が所狭しと置かれていた。そのまま中には入らず、手を伸ばしてすべて『収納』。そのまま扉を閉めて、音がする前方を見たら、またアリの集団が襲ってきていた。

風の魔法を二回に分けて発動。

何故だろう。今回の集団は五十四の団体様。人海戦術というものか？　それとも『ヘタな鉄砲も数撃ちゃ当たる』？　『脳が虫』と思ったことがバレて、アリが腹を立てたのだろうか？

とりあえず収納をして、周囲を綺麗にしてから先に進んでいこう。

地図では四階に降りたこの先にも広場があるようだ。そこでフィシスさんにメールを送って、先ほど通話を切ってしまったことを謝罪しなくては。

広場には先客がいた。壁に穴を開けたアリの集団が、『魔物よけの結界が張られた中』にいたのだ。

「エアちゃん！」

どのくらい呆然としていたのだろう。

振り向いた私の目に、冒険者姿のエリーさんが映った。エリーさんの後ろから、二十人近くの人たちも一緒だ。

その場から駆け出して、私へ駆け寄るエリーさんの腕の中に飛び込んだ。

「エリーさん。ダメ……行っちゃダメ。見ちゃ……」

それしか言えない私を、エリーさんは強く抱きしめてくれた。ほかの人たちも冒険者なのだろう。だから私が何を見たのかに気付いたと思う。

「エリー。彼女を連れて、上の広場に」

「わかった。エアちゃん。もう大丈夫よ」

「一人でここまでよく頑張ってくれた。あとはオレたちに任せてくれ」

「アントは風魔法に弱かったの。だから……」

「そうだったのか。教えてくれてありがとう」

「では風魔法が使える者は先制攻撃を」

「水魔法の『すいじん』も効きます。アントは水自体に弱いみたいで、脚が水に絡んで動けなくなってました」

そう。水魔法を使った時に、水たまりに脚をとられたアントは、身動きが取れなくなっていた。それで剣術の練習をしたのだ。アントは剣で倒す時、頭部、特に大顎《おおあご》で襲い掛かってきた。そのため、側面から胸部などの関節部分を狙って突き刺したら、あっさり倒すことができた。

「頭部の下から胸辺りまでが、『ふうじん』や『すいじん』で狙いやすいです。駆け寄ってくるときも、襲い掛かってくるときも、上体を起こしていますから」

「そうか。たしかに、アントは上体を起こして我々に威嚇《いかく》しながら襲ってくるな」

「よし。ここまで一人で頑張ってくれた彼女に負けないよう、我々も気を引き締めて行くぞ！」

私の言葉に、二人の男性が礼を言って指示を出していく。

「じゃあ、私たちは行きましょう？」

エリーさんに支えられて、私は休憩に使った広場へと戻ることになった。

途中、隠し部屋の前を通る時に、「ここに、強い魔物がいるの」と話すと「開けたの？」と聞かれて頷く。

「開けたけど、怖かったから入ってないの。床に傷跡があるのに、扉は重みもなく簡単に開けられたからおかしいと思って」

そう言った私に、扉をジッと見ていたエリーさんも「そうね。禍々《まがまが》しい何かがいるわね」と同意した。

そして、私を抱えるように歩き出した。

「エリーさん。ここは初心者向けなのに、あんなに怖そうな魔物が隠れているの？」

「いいえ。ここは戦い方を覚えるためのダンジョンだから、本来はあそこに隠し部屋はないわ」

だが、あそこには『部屋いっぱいのレアアイテム』が置いてあった。そのアイテムに釣られて、一歩でも中に入れば生命を奪われてしまうのだろう。


広場に入るとすぐ、エリーさんは私をギュッと抱きしめて、「間に合って良かった」と言ってくれた。

私がフィシスさんたちとの通話を切ったことで、冒険者ギルドに駆けつけたフィシスさんたちは、『はじまりの迷宮』で起きていることをギルド長に報告したそうだ。

すぐに王都内にいる冒険者に向けて緊急クエストが発動されて、参加を希望する冒険者がギルドに集められた。集まった冒険者は五十人近く。遅れて参加する冒険者もいるため、今は八十人近くに増えているだろうとのこと。

エリーさんは、シシィさんからチャットで連絡をもらって、すぐにギルドに駆けつけて参加メンバーに加わったそうだ。

冒険者の中には、行方がわからなくなっている人たちがいるそうで、その人たちの大半が初心者らしい。ここに来た可能性は高いが、いまだに戻っていない。そして私からの連絡で、『アントの巣と化した可能性のある初心者用ダンジョンで生命を落とした』と思われている。

「フィシスたちに連絡を取ろう。きっとみんな心配してるぞ」

エリーさんが四方に結界石を置いて、床にシートを広げてくれた。座るとすぐにそう言ったエリーさんは、ステータスからフィシスさんに通話したようで、フィシスさんの声が聞こえてきた。

「エリー。エアちゃんは？　……ダンジョンの方はどうでした？」

「フィシス。素直になれよ。ダンジョンよりエアちゃんのことが心配だったんだろ？」

フィシスさんをからかうようにエリーさんが応える。

「ちょっとエリー！　エアちゃんは？　エアちゃんは無事なの⁉」

「シシィさん？」

「あっ！　エアちゃん？　良かった！　無事だったのね？」

「エアちゃん！　大丈夫？」

「エアちゃ〜〜〜ん！　大丈夫⁉　ケガしてない⁉」

「アンジー、ミリィ。ちょっと落ち着いて。まだダンジョンの中なのよ」

「グスッ……だってぇー。エアちゃんが、心配だったんだもん」

「……ミリィさん」

「ほら！　ミリィ！　今すぐ泣きやんで！　そうじゃないと、ミリィに心配させて泣かせてたって、エアちゃんが泣くから！」

エリーさんはそう言って私を抱きしめて、「大丈夫よ。エアちゃん泣かないで」と背中を擦《さす》ってくれた。

「ちょっと、一旦通話を切るわ。落ち着いたらこちらからかけ直すから」

そう言って、エリーさんは、通話を切ってしまった。

ずっと後になって知ったが、この時エリーさんが通話を切ったのは、フィシスさんにメールを送るためだったらしい。

私が最下層で、行方不明の冒険者たちの成れの果てを見てしまったこと。

四階で私を見つけた時の様子と、その後の私が出した的確な指示。

三階に『ないはずの部屋』の出現と、そこに潜《ひそ》む怪しい存在。

そして、ダンジョン入り口に張られていた結界のおかげで、外にいたアントたちがダンジョン内に戻ることがなかったこと。

その結果、何も知らない冒険者がアントの大群が入り口にいることに驚いてダンジョンに入り込まなくて済んだこと。

引き返した冒険者には、王都のギルドに報告に行ってもらったこと。

外のアントたちは、一緒に駆けつけた冒険者たちが倒していること。

私とエリーさんは三階の広場まで戻り、四階に残っているアントは、ダンジョン内に入った腕利きの冒険者たちが倒すこと。

……たぶん、最奥の『女王アント』の寝床には、冒険者たちの遺骸が散乱しているだろうこと。

『冒険者に関することは口にしないで。エアちゃんはショックを受けているから』

そんなことを話し合っていたらしい。

じつは私、被害者は見ていないのだ。

ただ、散乱した荷物と、アリたちがこちらに背を向けて何かをしている様子、そして何かを運び出している様子が見えただけだった。

ちょうど、グリズリーや羆《ひぐま》がテントなどを襲って荷物を荒らしているような、そんな映像を思い出した。

熊なら目を離さず、背を向けず、音を立てないように下がっていけばいいと聞いていた。しかし、相手はアリ。複眼を持っているため、動けば気付かれていただろう。アリたちが一心不乱で気付かれなかったことと、広場の入り口に結界があったから気配が察知されなかった……。運が良かっただけだ。

「もう大丈夫?」

「はい。すみません」

「みんなの声を聞いて安心したのね」

「でも……。下でエリーさんの姿が見えた時が、抱きしめてくれた時が、一番安心できました」

そう言ったら、また抱きしめてくれた。

冒険者だから。特に私は『事情持ち』だから、一人で行動するしかない。

だから、こういう時に誰にも頼らず対処できるようにならなきゃ。

この国に、私は借りを作りたくない。一度でも借りを作れば、それをネタに『聖女』として手を貸すよう強要されるだろう。

……それを避けるため、そのために私は強くなる。ならなくてはいけないのだ。

エリーさんがフィシスさんとの通話を再開したようでフィシスさんの声が聞こえてきた。

「エアちゃん。もう大丈夫？」

「はい。あの時、一方的に通話を切ってしまってすみませんでした」

「仕方がないわ。アントの襲撃があったのだから」

「……でも。ミリィさんを、泣かせてしまうほど心配掛けてしまいました」

「エアちゃん。ミリィはまだ『フレンドじゃない』から気にしなくていい」

「ちょっとエリー！」

「よく考えてみろ。フレンドだったら、通話が切られた後、何十回連絡を取ろうとした？　間違いなくメールは百件以上送ってるだろ」

エリーさんの指摘に、ミリィさんが黙った。

確かに、あの状態で通話が切れたら、ミリィさんなら何度も連絡していただろう。

もしかすると、私が通話を切った後からフィシスさんたちに、私と連絡をとってー！　って騒いでいたのではないか？

「あの……フィシスさん」

「なあに？」

「……私が休憩する時に結界石を置いてる理由、話しましたよね？」

「確か、『アントが壁に穴を開けて、襲ってくる可能性がある』だったかしら？」

フィシスさんの言葉に、エリーさんが息を呑んだ。

「…………四階の広場。魔物よけが張られた中に、アントが集団でいました。……壁に穴を開けて」

フィシスさんたちも、私の嫌な予感が現実に起きていたことに気付いたみたいで息を呑む音のあと、沈黙が広がった。

そして、もう一つ。冷静に考えて導きだしたことがある。

それが現実離れしていることは、十分承知している。

「エリーさん。アントって、闇属性を持っているのもいますか？」

「巣の中で活動するアントなら、時々、闇属性の魔石を落とすわね」

ああ。そういえば、私も今回たくさん回収していたな。

「あの隠し部屋にいる魔物ですが、部屋に入り込んだ冒険者を引き摺《ず》り込むチカラを持っていたら？」

「あ！　だから、床にキズがついていたってことか!?」

「ちょっと、なんの話をしてるの？」

アンジーさんの声に私たちは頷いて、私から見つけた隠し部屋の説明をした。

扉が何も抵抗なく開いたのに、床には引き摺《ず》った傷跡が残っていたこと。部屋の中には大量の宝物が置かれていたこと。異様な雰囲気だったため、私は中に入らないで扉を閉めたこと。

……そして、閉める前に宝物をすべて『収納』したこと。

「ちょっ、ちょっとエアちゃん!?」

「まって！　エアちゃん。私には『中に入らなかった』って言ったわよね？」

「入っていませんよ？　通路から、こう手を伸ばして『収納』って思っただけです」

右手を伸ばしてその時の様子を再現すると、エリーさんは目を丸くしてしまった。でも「フハハハ」と大笑いして、「やっぱり。エアちゃんって面白い！」と言って私を抱きしめてきた。

通話の向こう側でも驚いていたのだろう。

エリーさんの笑い声に、皆さんもクスクス笑い出した。

フィシスさんは「正しい『収納ボックスの使い方』ね」なんて言っている。

「あのね。あの時、扉を閉めてから気付いたんだけど。もしも、宝物が欲しくて足を踏み入れた人がいたら？　あれが罠だって、初心者が気付けるものでしょうか？」

そう。私はゲームで経験しているから気付けた。でも初心者にそれは可能だろうか？　しかもここは『初心者用に管理されたダンジョン』で、ほとんどの冒険者がここから第一歩を始めるらしい。だから、アリが多くても、『そういうダンジョンなんだな』と深く考えない。経験がない以上、『こういうもんなのか』と勝手に思い込んで進んだのだろう。

「エアちゃん。その魔物の見当《けんとう》がついているんじゃない？」

「はい。……女王アント」

エリーさんの質問に頷いて答える。

「確かに。女王だったら、あれだけ強い気配にも納得できるわ」

「それほど強いの？」

「そうね。中級者ランクの上位者がたくさんいれば……って。エアちゃん。さっきの連中は全員上級者だから心配しなくて大丈夫」

私の気持ちに気付いたエリーさんが、安心させるように抱きしめてくれる。

「どうしたの？」

「大丈夫だ、アンジー。エアちゃんが、さっき私と駆けつけた冒険者たちのことを心配しただけ」

「キッカたちのこと？」

「そう」

「大丈夫よ、エアちゃん。キッカたちはベテランの冒険者よ。女王アント程度の魔物なら、難なく倒せるわ」

「ほんと。……惜しい人をなくしたわね」

フィシスさんは、そのキッカさんたちのことを知っているのだろうか？　シシィさんは物騒なことを口にしたけど。

「エアちゃん。キッカたちは元々、フィシスたちと同じ守備隊の一員だったの」

「守備隊は『王都を護る』のが仕事だから、有事《ゆうじ》には王都を離れられないの。キッカたちは、『王都より困っている人たちを助けたい』って守備隊を辞めて冒険者になったのよ」

「ほんと。守備隊は惜しい人たちを手放したわよね」

フィシスさんとアンジーさんが、彼らのことを教えてくれた。どうやらシシィさんが言ったのは『守備隊にとって有能な隊員を失った』ってことのようだ。

「キッカさんは、シシィさんの隊員だったのですか？」

「違うわ。ミリィの隊員よ」

「私達以外でミリィの暴走を止められる、数少ない貴重な隊員だったのよ」

「貴重……？　あ！　『アントの甘いみつ』！」

「ん？　回収したの？　結構高額で買い取ってくれるわよ」

「はちみつより高級なのよねー」

「………いちまんごせん」

「もっと高いわ。最低でも一瓶十五万ジル以上で売れるわよ」

フィシスさんたちに心配かけたし。でも今フィシスさんは通話中だから、シシィさんのところへ四人分プレゼント。そしてエリーさんには収納ボックスから直接取り出して……

「ちょっとエアちゃ〜ん！」

「四つって！　もしかして私たちに一つずつ？」

「エアちゃん！　私、今『高い』って言ったよね？」

「十五万ジルって買取価格よ。販売価格はもっと……二十万近くするのよ」

通話の向こうでは慌てている声が聞こえている。私が直接渡したエリーさんも、ビンを手にして固まってしまった。

「もしかして……。さっき言ってた『一万五千』って……」

エリーさんは気付いたのだろう。黙ったまま頷くと、「エアちゃ〜ん！　もう！　なんて面白い子なのよ！」と言いながら抱きしめて、私の頭に自分の頬をすり寄せてきた。

「エリー？　どうしたの？　……まさか」

「そう。そのまさかよ。値段じゃなく、個数だったのよ」

フィシスさんが、深くため息を吐《つ》いたのが聞こえてきた。

それにビクッと反応した私の背を撫でて「大丈夫よ。フィシスのため息はクセだから」とエリーさんが声をかけてくれる。それに気付いたフィシスさんも、「ああ。驚かせてごめんなさいね。怒ってるわけじゃないのよ」と謝ってくれた。

「エアちゃん。確認のために、今回の探検の情報を教えてもらえる？」

アンジーさんに聞かれて、ステータス画面を開いて『戦闘情報』を確認する。……最初からでいいのかな？

はじまりの森

【討伐《とうばつ》モンスター】

ウサギ１／イノシシ７

【ドロップアイテム】

ウサギの肉１／ウサギのツノ２／ウサギのキバ２／ウサギの皮１／ルビー２

イノシシの肉２／上イノシシの肉４／特上イノシシの肉１／イノシシのキバ14／イノシシのツノ１／イノシシの皮６／イノシシの毛皮１／イノシシの肝６／イノシシの貴石１／地の魔石16

「ほかには薬草やキノコなども、色々と採取しました」

「それは『採集依頼』に使えばいいわ。別の町や村でも依頼が出てることがあるから」

「はい。わかりました」

はじまりの迷宮
【討伐《とうばつ》モンスター】
アント579

【ドロップアイテム】
アントの触角６２８／アントの折れた触角３８４／アントの千切れた触角１４６／アントの甘いみつ１５５７３
地の魔石１８３１／地の貴石63／地の輝石34／闇の魔石１８３／闇の貴石29／闇の輝石18／翡翠《ひすい》５８２／エメラルド１５８／黒曜石３０８／オニキス１１０

「ちょおっっと待ったー！」

「なんなの⁉　その宝石の数！」

「それ以前に、ドロップアイテムが多すぎでしょ！」

そう言われても、私は回収しただけだから、理由なんてわからない。

「はいはい。そこまでにして。エアちゃんが困ってるよ」

エリーさんの言葉で静かになった。

「エアちゃんはただ倒した魔物を収納してるだけよ。『なぜ』とか『どうして』とか言われても困るでしょ」

「でも貴石と宝石が一緒にって……」

「別に珍しくないよ。宝石の原石を『貴石』って言うのは知ってるわよね。あとは『貴重な石』もそう呼ばれている。そこら辺はフィシスなら詳しいんじゃない？」

「そうね。私達は知識で『貴石と宝石《おなじもの》』って考えだけど、冒険者や職人では『貴石と宝石《べつのもの》』なのよ。それに、ドロップアイテムの宝石のほとんどは『魔物たちの眼』よ」

「そのほかでは『二つ以上の属性をもつ魔石』を指すわね。そこら辺は、実際に鑑定で調べてみないとわからないけど」

エリーさんの言葉を聞いて、収納ボックスから地の貴石を一つ取り出してみた。

鑑定を持っていないため、ジーッと見てもわからない。

だから、横でクスクス笑って見ているエリーさんに貴石を手渡した。

「あら？　珍しい」

「どうしたの？　エリー」

「エアちゃんが貴石を一つ見せてくれたんだけど。この貴石、『地属性』と『火属性』、『水属性』の三種類に、少しだけど『光属性』が混じってる」

「エアちゃん。それは何の貴石？」

「地の貴石です」

「次は闇の貴石を見せてもらえる？」

持っていた地の貴石を、私に返してくれたエリーさん。それを収納ボックスに入れると、名称が『地火水の魔石（光含有）』と名前が変わった。そのことに驚いた私に、「今、エリーが鑑定したからね」とシシィさんが教えてくれた。

今度はエリーさんに『闇の貴石』を手渡す。

「あー。……エアちゃんが、期待するようなキラキラした瞳《め》で見てくるー」

エリーさんが苦笑すると、フィシスさんたちからクスクス笑い声が漏れている。

「それでどう？　エアちゃんの期待に応《こた》えられそう？」

「………それ以前の問題」

「え？　どういうこと？」

アンジーさんの緊張した声に、私まで身体を固くした。

「エアちゃん。それにみんなも……驚かないで聞いてもらえる？」

通話の向こうから、唾を呑む音が聞こえた。

「この魔石……闇属性の幼竜が入ってる」

「えーっ!!」と、フィシスさんたちから驚きの声があがった。

幼竜の入った貴石は私が預って、そのまま収納ボックスに入れることになった。

「絶対に出しちゃダメよ。このまま時を止めて眠っててもらわないと……」

「起こしたら？」

「運が悪ければ世界が消滅するわ」

「いい？　可哀想だからって、寝る時に出して一緒に寝たりするのもダメよ」

フィシスさんの言葉にシシィさんから改めて念押しされる。

あ……バレてました。

私の表情をみて「シシィ、当たり。エアちゃん、やろうとしてた」とエリーさんがばらしちゃった。

シシィさんたちから、クスクス笑ったり「やっぱり……」と呆れた声が聞こえた。

「エアちゃん。その子はお母さんか仲間に返すからね。エアちゃんが卵を孵《かえ》しちゃうと、エアちゃんを親として認識しちゃって帰れなくなるから」

帰れない。

その言葉は、私たちにとって辛い現実となって、のしかかっている。私のカバンの中で眠っている幼竜。私たちと違って帰る場所があるなら。帰る方法があるなら帰してあげたい。

深く考えこんでしまった私をエリーさんが強く抱きしめて、「大丈夫。この子は必ず帰してあげるから」と約束してくれた。

今は緊急クエスト参加中だ。

私を無事に王都へ連れ帰って報告などの処理が終わったら、エリーさんが同族《エルフ》の長に会って、事情を説明してくれるらしい。

「エリーさんが預かったら？」

「そうしたいけど……。何が起きるかわからない以上、残念だけど連れて行けないわ」

「私たちも動いた方がいいわね」

「そっちも動けるか？」

「……仕方がないわ。エアちゃんなら大丈夫だと思うけど」

ずっと、私を抱きしめて離さないエリーさんとフィシスさんの言葉でちょっと首を傾《かし》げていた私は「詳しくは王都に戻ってからね」と言われた。

「フィシス。コッチはもうすぐ終わる」

「あら。それじゃあ、気を付けて帰って来て」

「ああ」

「エアちゃん。私たちは冒険者ギルドにいるからね」

「エアちゃ～ん！　待ってるからね～」

「帰りも魔物は出るから気を抜かないで」

「はい」

「何かあったら、エリーを囮《おとり》にして逃げるのよ」

「……フィシス。テメェ」

「エリーなら何とかできるでしょ」

「ちゃんと、エアちゃんを連れ帰ってきなさいよ」

「わかった。切るぞ」

エリーさんが通話を切ると、広場に静けさが戻ってきた。

「エリーさん。ちょっと出ても良いですか？」

「どうしたの？」

「女王が倒されたら、あの隠し部屋はどうなるのか、確認しようかと思って」

「そうね。私たちの想像通りなら消えると思うけど……。もし残っていたら、それはそれで問題だ」

エリーさんはそう言うと立ち上がり、結界石を回収しだした。私も、反対側に置かれた結界石を回収してエリーさんに手渡す。シートを片付けたエリーさんと一緒に、隠し部屋の前まで行く。

「……エリーさん」

「ああ。想像通りだったな」

私は地図で。エリーさんは気配で。隠し部屋が消滅していくのを確認した。

「二人とも。こんな所でどうした？」

エリーさんが『扉のあった場所』を確認していると、冒険者さんたちが戻ってきた。多少の傷はあるけど、大きな傷や骨折をしてる人はいない。

エリーさんはそんな冒険者さんたちをチラリと確認すると、「ここに隠し部屋があった」とだけ言った。

「え？　隠し部屋？　あったってことは」

「もうない。消えた」

「うわっ。もったいねー！　入ってみたかった！」

「……入ったら、死んでますよ？」

私の言葉に、全員が目を丸くして固まった。

「エアちゃんの言う通りだ。ここに入れば女王の胃袋《ハラの中》に直行だ」

あ。引き摺《ず》り込まれた先は、女王アリの部屋ではなく胃袋行きだったんだ。だからあれほどイヤな気配を漂わせていた……？

「おっ。そういえば、あの女王アント。けっこう強い割にドロップアイテムが一つも出なかったんだぜ」

「そりゃそうだろ」

エリーさんが確認を終えて立ち上がると、私を抱きしめて言った。

「先に隠し部屋を見つけていたエアちゃんが、すでに収納したからな」

「え？　あのお宝の山《こ》って……」

「ああ。アレが『女王の腹』に繋がっているってことは、その宝が、ドロップアイテムだった可能性が高い。まあ、それが正しいかどうかは、部屋も女王もすでに消えたから、証明のしようがないけどな」

困惑する私にエリーさんが説明する。

「じゃあ、ここで収納したアイテムを……」

「いや。それはエアちゃんが貰っていい」

「そうだな。ここまで頑張ってくれた報酬だな」

「そうそう。オレたち、こんな場所に隠し部屋があるなんて気付かずに通り過ぎたからな」

エリーさんの言葉に私が慌てると、冒険者さんたちは口々に「いらない」と言う。

それより、私が話した水魔法と風魔法でサクサクッと、集団で出てくるアリたちを簡単に倒せたってお礼を言われた。そのおかげで、体力と魔力を温存したまま女王と対戦して勝てたのだ、と。

そのお礼も兼ねて、隠し部屋のお宝の山はすべて私が貰っていいらしい。

「ところで、エアさんの時はアントたちは何匹で出てきたのですか？」

「えっと……。ダンジョンに入ってすぐにまず一匹だけ。それを倒した直後に二十四以上。その後も二〜三十四ずつ。三階の広場に着いた時点で四百匹を超えていました。そこの広場で休憩を取っていた時に地響きがして、広場を出てすぐに遭遇したのは十四くらい。この場所から階段に進む途中の通路で一度に五十四……」

「え？　……待ってください。それだけの数をお一人で？」

「……だってこの通路、私たちには広いですけど、アントたちには広くないですよ？」

私の言葉に、冒険者さんたちは前後を確認するように見回した。

そうなのだ。アリたちは元々、一列で行動する。さらに、ここの通路は巨大なアリたちには狭く、私を取り囲んで一斉攻撃をするのは不可能なのだ。

『風刃《ふうじん》』や『水刃《すいじん》』のように、一直線に敵を攻撃できる魔法なら、サクッと攻撃、死骸を回収する。詰まってた前が空《あ》いたらアリたちが襲撃。またサクッと攻撃して死骸を回収。長い直線通路なら、一撃だけで終了。

アリたちは、まるでどこかの人気テーマパークや、ショップにできる行列のように、『押せや押せや』状態。もしくは某所の『はだか祭』のように揉みくちゃと言った方が良いだろうか？

そして、狭い通路だからこそ『身体の向きを変えて、来た道を戻りましょう』とはできなかった。後進もできない。『ないない尽くし』ならどうする？　それはもう、特攻覚悟で進むしかない。

「あの……。アントって女王が大量に卵を産んで増えるんですよね？」

「ああ。そうだが？」

「その卵を世話する部屋もあるのですよね？」

私の言葉に不思議そうな表情で聞いている冒険者さんたち。

遠回しに確認しながら質問するのは仕方がないじゃない。

私が知っているアリと違うかも知れないのだから。

ですが、エリーさんが私の疑問に気付いてくれた。

「おまえら。女王を倒してどうした？」

「あ？　そのまま戻ってきたぞ」

「……卵部屋、どこかにありましたか？」

私の言葉に、全員が「あー！」と声を揃えて叫び青ざめた。エリーさんが「すぐに見つけて叩き潰して来ーい！」と叫ぶと、慌てて階段を降りて行った。

その後に続いて、私とエリーさんも下の階へと向かう。

「あのアホども。あれだけいるのに、こんなことにも気付かないとは……」

「良かったですね。大事《おおごと》になる前に気付くことができて」

「ほんと……。エアちゃんがいなかったら二次被害が起きてたよ」

私たちが帰った後に調査隊が来る。そして、何も問題がなければダンジョンが再開される。

その間に、部屋の中で生き残っていたアリが、別の出入り口を作っていたら？

「また行方不明者続出でしたね」

私たちは広場などを一つ一つ確認しながら、注意深く見て回った。

そんな中に、広い部屋が一つあった。天井までの高さもある。野球ドームや体育館並みの大きさだ。

「エアちゃん。ここがこのダンジョンの『ボス部屋』だよ」

「ダンジョンによっては、ボス部屋が複数あり、小ボス・中ボスと呼ばれます。そして、そのダンジョン最強のラスボスが最後の部屋にいます」

エリーさんの話に補足をしてくれたのは件《くだん》のキッカさん。ミリィさんのストッパー役だったんだ。

「その奥に、転移石が置かれた部屋がある。ラスボスを倒せばその扉は開く。それに触れれば、一瞬でダンジョンの入り口まで戻ることができる」

キッカさんは、私が『初心者ランク』だと知って驚いていたが、エリーさんが私に初歩的なことを教えているのを見て信じてくれた。

逆に初心者だからこそ、細かなことにも注意して観察するため、誰も気付けなかった隠し部屋を見つけられたのだと評価された。

そして、武器の使用を主体とする守備隊の出身だからこそ、私みたいに『魔法を使って攻撃する』という考えに至らなかったことを後悔していた。

キッカさんが、ダンジョンの外で戦う仲間に魔法攻撃を指示したことで、それまで複数の人たちが一体ずつ倒していたアリを、アッサリ簡単に大量に倒せているらしい。

冒険者さんの中には、「アント一体にてこずっていた俺たちは、初心者以下じゃないか」とぼやいている人もいるようだが……

「ちゃんと攻撃魔法があるのに、戦闘に使おうと考えない方がおかしい！　頭が使えないなら身体を動かせ！　それすらできない役立たずならアントに頭から食われてろ！」

一喝したエリーさんに誰も反論できなかった。ちなみにアントは食事中が一番倒しやすく、エリーさんは『囮になって気を集めろ』と言っているのだとキッカさんが教えてくれた。

私たちがダンジョンを出る頃には、ほとんど片付いているだろう。

キッカさんは今、エリーさんと一緒にダンジョンのことを詳しく教えてくれる。

私がここへ来た時、灯りが煌々《こうこう》と点《つ》いていたのは、このダンジョンが『初心者向け』だからだそう。ほかのダンジョンには夜行性の魔物もいるため、灯りが半減していたり、フロアによっては消されているらしい。このダンジョンは通常、ネズミとウサギだけなので灯りが点《つ》いていても問題はないとのことだった。

ちなみに、灯りが設置されているのは王城にある『ダンジョン管理部』が把握し、管理しているダンジョンだけだ。未発見や未踏破のダンジョンには、灯りも転移石ももちろんない。冒険者ギルドのおじさんが、オマケにつけてくれたランタンの意味がようやくわかった。「入り口に灯りが点《つ》いていても気を抜くな」ということだ。

「冒険者ギルドに報告しなければ管理されないから、大抵は発見の報酬目当てで報告するわね。その後、調査隊が派遣されてダンジョンのランクが決められる。発見者には、ダンジョン発見とランク、ダンジョンの広さによって報酬が与えられる」

「エリーさんは詳しいんですね」

「あれ？　なんだエリー。エアさんは『何も知らない』のか？」

エリーさんのこと？

でも隠したいことなら誰でも……私にもあるから。

「私とエリーさんは、昨日会ったばかりなので。大事な話をするには、まだ関係が浅いですよ。それに根掘り葉掘り聞くつもりも詮索する気もありません」

エリーさんから臀部《でんぶ》に蹴りを入れられているキッカさんに苦笑しながら話すと、「おい。珍しくいい子だな」と驚かれた。

「注意力も観察力も高い。ウチにくれ！」

「ミリィに八つ裂きにされたいか？」

「……おい。なぜここにミリィ隊長の名前が出てくる」

「じゃあ、シシィがいいか？　アンジーでもいいし、フィシスもいるぞ。そうそう、シェリアもだな」

「おい……」

「説明は後でしてやる。どうせ冒険者ギルドまで帰るんだ。エアちゃんも一緒にな」

エリーさんがキッカさんと遊んでいるため、私は部屋の中を見回してボス部屋を観察することにした。部屋の広さも高さも、今までとスケールが違う。ラスボスは通常より大きいということだろうか。ここの壁にも『魔法吸収』の処理が使われていた。通路や広場でもそうだったけど、魔法攻撃でダンジョンが崩壊しないためだと思われる。

部屋の奥の壁に違和感を覚え、注意深く観察していたから気が付いた。

「エリーさん。あの奥が部屋になっていて、転移石があるのですか？」

「そう、よ？　……エアちゃん？」

部屋の奥に扉が見えている。だが、それだけではないのだ。ここには私たち三人しかいないのに、扉が勝手に少しずつ開いていたのだ。

『風の矢《ウインド・アロー》』。扉の隙間から中へ向けて、風魔法を発動させてみた。「ちょっとエアちゃん！」とエリーさんが慌てて私を止める声と同時に、中から悲鳴が上がった。

「なんだ！　今の悲鳴は！」

ほかの部屋にいた人たちも、このラスボスの部屋へと駆け込んでくる。

手を伸ばして収納すると、討伐《とうばつ》モンスターに『処女女王アント』と表示された。

やはり『次代の女王アリ』が誕生していたか。

「エリーさん。新しい女王アントがいましたよ」

「さっきのがそう？」

「はい。記録には『処女女王アント』と表示されました。レベルは1です」

「じゃあ、あの中に!?」

「まだアントが隠れている可能性があります」

「よし！　全員、戦闘態勢をとれ！」

「エリー。エアさんを連れて離れててくれ」

「わかった。行きましょ、エアちゃん」

エリーさんに手を引かれて、ボス部屋から出された。

私の予想通りなら……。部屋を出ると手を繋いだ状態のまま、今度は私が引っ張る形で走り出した。

「エリーさん、急いだ方がいいです」

「どうしたの？　エアちゃん。……エアちゃん、落ち着いて」

エリーさんに腕を引かれて、そのまま抱きしめられた。

「落ち着いて？　いったい何に焦っているのか、歩きながらでいいから聞かせて？」

深呼吸を繰り返すと、自分の焦っていた気持ちが落ち着いていく。

「さあ。エアちゃんはどこへ行きたかったの？」

「あの、広場へ」

「あそこは何度も調べたはずよ？」

「……穴の先も？」

エリーさんも何かに気付いたようで、私を抱き上げると風に乗ってまたたく間に広場の前まで連れて来てくれた。

私の想像通り、広場にはアリの集団がいた。床には、卵も幼虫も蛹《さなぎ》もたくさんいる。私が『処女女王アント』を倒したため、ここまで逃げてきたのだろう。

「ダンジョン《ここ》で巣を作らなければ、全滅《こんなこと》させなくて済んだのに。……ごめんなさい」

「ちょっと待って。エアちゃん！」

エリーさんは通話でキッカさんに広場の話をしていたから、私の行動を止められなかった。広場に一歩入ると『エアースラッシャー』を発動。かまえる間もなく、大きな成虫は一瞬で真っ二つになった。そこで、エリーさんに後ろから優しく抱きしめられた。

「エアちゃん。あとは私がやるわ。成虫の死骸だけ収納して」

「はい」

収納すると、そのままエリーさんに言われた通り広場から出た。

広場を出て振り向くと、中は『火の海』になっていた。エリーさんは宙に浮かんでいる。

「うわっ！　コッチにまで火が来たぞ！」

「男ならいちいち気にすんな」

「ひでぇ！」

エリーさんが通話をそのままにしているせいか、広場の外でも丸聞こえになっている。たとえ結界が張られていても、会話には注意をしなくてはいけないいんだな。

エリーさんが広場と穴の中の死骸を収納し終えると、キッカさんたちがラスボス部屋側から穴の中を調査のため通って出てきた。横穴や窪《くぼ》みなどは何も見つからなかったらしい。

「エリーさん……。さっき、穴の中も燃やしましたよね？」

「それがどうかした？」

「皆さんも、穴の中で魔法を使っていたんですよね？」

「灯りがないからな」

「そのアントが開けた穴でも……。『魔法吸収』されるのですか？」

「え？」

「あっ！　やべぇ！　全員、穴の中から退避！」

大の大人が一斉に走り出したから、その振動であっという間に魔法を使って脆《もろ》くなっていた穴が崩れてしまった。広場に滑り込んできたのは七人。その前に広場へ出てきた人も合わせて十三人。…………ほかの人は？

「キッカ！　コッチは五人無事だ！　ソッチはどうだ！」

「全部で十八人？」

もっと沢山いたはずなのに……？

「おい！　ほかの連中はどうした！　あと六人足りないぞ！」

「まさか、穴の中か？」

「生き埋めになったのか!?」

キッカさんたちの通話で、ざわざわと話が悪い方へと広がっていく。

……もっと早く気付いていれば。

「エアちゃん。落ち着いて。アイツらなら殺しても死なないから大丈夫よ」

エリーさんに抱きしめられて、自分が震えていたことに気付いた。

「ちょっとー。なに勝手に俺たちを殺してくれちゃってるんですかー」

間延びした話し声が聞こえて顔をあげると、広場に冒険者さんたちが入ってくるのが見えた。総勢六人。……良かった。全員無事だった。

「俺たちは、ほかにアントが残っていないか調べながら、通路を戻ってきたんですよ」

「それより良いんスか？　彼女、ひどい顔色ですよ？」

「アンタらがいないって聞いて、もっと早く気付いていればって自分を責めたんだよ」

「あ、いや。これは、エアさんのせいではないです！」

エリーさんの言葉に、この場にいる全員が慌てだし、口々に謝罪してくれた。加えて「この事も報告するからな」というエリーさんの言葉に、全員がシュンッと落ち込んでしまった。

……誰に報告するのだろう。皆さんは『緊急クエスト』でここに来ているのだから、冒険者ギルドかな？

そうエリーさんに聞くと、「エアちゃんは心配しなくてもいいよ」と言われてしまった。

第四章

エリーさんたちと一緒に王都に戻ると、大変な騒ぎになっていた。

緊急クエストに参加した冒険者たちとは王都を出た時間などが違うため、周りから偶然同じ時間に帰ってきたと見られてこの騒動から逃《のが》れることができた。

しかし、エリーさんはあっという間に人に囲まれてしまう。

「お姉ちゃん！」

「あれ？　マーレンくん、ユーシスくん。ただいま」

私が手を上げて二人に近寄ると、マーレンくんが「お姉ちゃん！　無事で良かったー！」と抱きついてきた。

「どうしたの？」

腰にしがみついているマーレンくんの頭を撫でながら隣に立つユーシスくんに事情を聞いてみる。

昼頃に『初心者用ダンジョンが魔物に襲われて、多数の冒険者が殺された』と大騒ぎになったらしい。

初心者用ダンジョンは王都周辺に沢山あるから、私が行ったダンジョンが『そう』とは限らない。でも、ずっと心配で待っていた。そして私から宿へ『遅くなりますが帰ります』とメールが来て、居ても立ってもいられず城門まで駆けつけた、とのことだった。

「そうだったの。そんなことになってるなんて知らなかったから。心配させてゴメンね」

ママさんからも「お気を付けてお帰りください」としか返信をもらわなかったし……。マーレンくんの頭を撫でて、収納ボックスからバスケットを取り出した。

「二人とも、ごちそうさま。お昼ごはん、美味《おい》しかったよ」

そう言ってユーシスくんに手渡すと、「また作るから。今度は前の日に言って」と返された。

マーレンくんは私の手を掴んで「お姉ちゃん、一緒に帰ろ？」と言ってきた。

「んー？　でもギルドに寄ってきたいからね。この騒ぎのことも聞いておきたいし……。ねえユーシスくん、お父さんはウサギの肉って料理できる？」

「できるよ。ウサギの肉があるの？」

「ええ。一つだけね。あと、イノシシの肉もあるけど」

「お父さんなら料理できるよ！」

「そう？　じゃあ、帰ったらお父さんに渡すわ。そう伝えてもらえるかな？」

「いいよ！」

「じゃあ、先に帰っててもらえる？」

「わかった。父さんには伝えとく」

「お姉ちゃん！　できるだけ早く帰ってきてね」

「遅くなったら、先に寝ててね。二人は、明日も朝が早いでしょ？」

「わかった」

人混みに押し潰されないよう気を付けながら、ユーシスくんが、マーレンくんの腕を引いて宿へと帰って行く。二人の後ろ姿を見送ってから周囲を見渡した。

この広場の中には、緊急クエストに出た冒険者たちと彼らを出迎える人に野次馬たち。私みたいに、王都を出てて騒ぎを知らずに帰ってきた人。そして、行方不明になっている冒険者の家族や友人たちが情報を求めて集まり、一種のお祭り騒ぎになっていた。

その中に、先日の『召喚の儀式』にいた人たちもいたが、私には気付いていないようだ。

一人でいる黒髪の女性に名前やレベルを確認している声が聞こえてきた。そして、私のそばにいたレベル50の人は「人違いでした」と言われていた。私のレベルは１１３なので、もし確認されたとしても問題はないだろう。

肩から掛けている収納ボックスも、一般で流通している物と変わらない。ほかにも、服屋さんで貰った籐《とう》カゴの収納ボックスを持っている。そして、商人ギルドの何でも屋で購入したウエストポーチ型もある。きっと彼らは、聖女は一つしか持っていないと思っているだろうから、その点でも逃《のが》れられる。

この世界では黒髪は珍しくなかったので、髪を隠す必要がないのが一番助かった。ちなみに宿のママさんも黒髪だ。

それでも連中と関わりたくはないので、まだ王都の住民たちに囲まれて身動きの取れないエリーさんに、「先に冒険者ギルドへ行っています」とチャットを送ってこの場を離れた。

冒険者ギルド内もごった返していた。誰もが、受付嬢に現状確認を問い合わせている。

仕方がないので掲示板で依頼を確認して、キノコと薬草の依頼書を選び依頼受付の列に並ぶ。すると、私に気付いた受付嬢が「依頼の受付に来られた方がいますから」と言うと、前にいた人たちがスッといなくなった。

「ごめんなさいね。こちらの依頼を受けられるのですね」

「はい、お願いします。私はダンジョンに入ってて知らなかったのですが……大変な騒ぎだったんですね。すべて揃っていると思いますが、確認をお願いします」

「はい。承《うけたまわ》りました。『緊急クエスト』で出ていた冒険者たちが、そろそろ戻ってくるハズなんですけどね。確認しますので少々お待ちください」

「ありがとうございます。戻ってましたよ？　街の人たちに囲まれて、身動きが取れないようでしたけど」

依頼の話をしつつ、別の話も織り交ぜる私たち。私は収納ボックスに入っている薬草やキノコを提出して、クエストに出ていた冒険者たちが帰ってきたことを話すと、ギルド内にいた冒険者たちが一斉に出て行った。

「あーあ。エリーさんたち、さらに戻れなくなっちゃった」

「お待たせしました。確認が済みました。こちらが今回の報酬となります」

合計で四千八百五十ジル。一つの依頼が『薬用キノコの採集』だったため、思っていたより高額になったようだ。

「こちらへ身分証をお願いします」

端末に身分証を載せると、冒険者ランクが1から27まで上がった。アリ退治と『処女女王アント』を倒した結果だろう。そして、ラスボスの部屋で新女王を倒したからだろうか。『はじまりの迷宮』はクリアになっていた。

初級者はランクが50までなので、まだまだひよっこだ。

ちなみに中級者ランクは51から１００までで、上級者ランクには上限はないそうだ。冒険者の中にはエルフなどの長命種族もいるので、上限はつけていないと説明を受けた。エリーさんも長命種族の一人だ。……年齢？　女性の年齢に興味を持っては失礼だ。妙齢《みょうれい》の女性でいいじゃない。本には『平均寿命二千歳。成長は二十代で止まり、寿命が尽きるまで若い姿を保《たも》つ』なんてあった。百五十歳まではエルフの里から出られないようなので……『それ以上』だろう。

「本日はお疲れさまでした。ほかに御用はございますか？」

「すみません。フィシスさんたちが、こちらで待っていると聞いたのですが」

「はい。少々お待ちください」

受付嬢がそう言うと、すぐに奥の部屋から「エアちゃん、おかえりなさい」と、シシィさんが出てきた。

「ただいま。シシィさん」

シシィさんに挨拶を返すと、ギュッと抱きしめられて「無事でよかった」と言われた。

そのままギルドから出ようとする彼女に私は首を傾《かし》げる。「シェリアも心配してるし、ここはもうすぐ騒がしくなるからね」と笑って教えてくれた。

確かにそうだ。エリーさんたちが報告のためにここへ戻れば、話を聞きたい人たちも一緒に押し寄せてくる。

……ゆっくり話なんてできないだろう。

「あれ？　通話で言っていた『エリーさんを囮《おとり》に』って、このことをさしていたのですか？」

シシィさんは、「そうよ」と言いながら笑う。私はそのままシシィさんに促されて、商人ギルドへと向かった。

商人ギルドは、冒険者ギルドと違って静かだった。

どちらも二十四時間営業だが、今はピークが過ぎて手が空《あ》く時間らしい。そのままシシィさんに連れられて、昨日と同じ部屋へと案内された。

ドアを開けると同時に「エアちゃ～～ん!!」という叫びとともに、柔らかいものに包《くる》まれた。あ、無事に帰って来られたんだと実感と安心が溢れて……。ミリィさんにしがみついて泣いてしまった。

「もう落ち着いた？」

泣き止むまでミリィさんに抱きしめられて、やっと気分が落ち着いた。

「ミリィさん、ありがとう」

「いいのよ。本当にエアちゃんが無事でよかった」

ミリィさんは私の横に座り、ずっと抱きしめてくれている。

今日はソファーが置かれているだけで、ローテーブルはないため広く感じた。

「今回のことだけど……。冒険者ギルドでは、エアちゃんの存在《こと》は公表しない方向で決まったの。理由は冒険者ギルドの騒動を見たでしょ？　あれ以上の騒ぎが起きることが簡単に想像できるからなのよ」

フィシスさんの説明に、私も「それでいいです」と答えた。私の泊まっている宿で、騒動を起こして迷惑をかけたくないからだ。

「本当にいいの？　討伐隊《とうばつ》に参加したとなれば、名声や報酬が出るし、冒険者ランクも上がるわ」

「そんなことになったら……」

「なったら？」

「マーレンくんとユーシスくんが、『危ない目にあっていた』って心配します」

「宿の子たちだっけ？」

「はい。さっきも心配して、門まで出迎えに来ていました」

「コッチへ来て大丈夫だった？」

「はい、ちゃんと帰るって約束しましたから」

「そう。……でもね、私たちからも何かお礼がしたいのよ」

「エアちゃんがいなかったら、この先もずっと気付かれないまま、被害者が増えていたわ」

「ねえ。私たちに何か頼みたいことはない？　どんなことでもいいのよ」

フィシスさん、アンジーさん、シシィさんが次々に尋ねる。

……私がお願いしたいことならある。でもそれを口にすると、きっとフィシスさんが困るだろう。たぶん、お姉さんのシェリアさんも。それにエリーさんが動いてくれるって……

「エアちゃん。もしかして幼竜のことをお願いしたいのかしら？」

フィシスさんには気付かれていたようだ。

「はい。でもフィシスさん、仕方がないって話されてましたよね。それって困ることだからですよね。たぶんシェリアさんも。だから……」

そこまで言ったら、ミリィさんに抱きしめられた。

私とミリィさんを見ながらシェリアさんは呟《つぶや》く。

「エアちゃんのお願いなのに、自分のことより幼竜のことをお願いしたいなんて。やっぱりエアちゃんは、優しくていい子だわ」

「でしょう？　だから放っておけないのよ。シェリアはどうする？」

「私もいいわよ」

シェリアさんとフィシスさんが、何か話しているのですが……何が『いい』のでしょう？

「エアちゃん。少しだけ目を瞑《つぶ》っていてくれる？」

フィシスさんに言われて両目を閉じると、ミリィさんが目を隠すように抱きしめ直した。

「もういいわ。目を開けて」

数秒ほどでフィシスさんの声がしてミリィさんが離れた。

私が目を開けると、目の前にフィシスさんとシェリアさんが立っている。着ている服も違うし、何より二人の肩までの長さだった髪が膝下まで伸びている。

シェリアさんが私の反応を窺《うかが》うように見た。

「……髪の毛、長かったんですね」

「ちょっ！　エアちゃん。それ以外に何か言うことはないの？」

私の感想にシェリアさんが慌てていますが……

「それ以外って……服が変わってます……ですか？」

「ちょっとー！　なんなのよ……」

シェリアさんが一人で騒いでいますが、何か間違っていたんだろうか？

「仕方がないわ。これがエアちゃんだもの」

「そうね。エアちゃん、はじめてミリィを見た時、どう思ったんだっけ？」

「……ふくよかな人だなー」

「エアちゃ～ん……」

私の言葉にミリィさんが苦笑する。シェリアさん以外も同じように苦笑している。

「ほらね？　エアちゃんは、種族だなんだで態度を変える子じゃないのよ」

シシィさんの言葉で、シェリアさんがソファーにもたれるように座った。

ひどく疲れているみたいだけど……。やっぱり私のせいだろうか？

「ふふ。ふふふふふ……」

シェリアさんの様子がおかしい。突然笑い出した。かと思うと、

「なんなのよ、まったく……」

今度は怒り出してしまった。やっぱり私のせいだろうか？

「大丈夫よ、エアちゃん。シェリアは生まれた当初《さいっっしょっ》からおかしいから」

フィシスさんがサラリと酷いことを言って、アンジーさんとシシィさんは同意するように頷いている。

「ちょっと、フィシス！」

「エアちゃんをよく見てみなさい。ミリィが巨人族と人間のハーフだと知っても、ミリィを一度も怖がったことがないのよ」

はい。今でもミリィさんに抱きつかれている。でも怖いなんて思ったことは一度もない。逆に安心したことなら何度でもあるが。

「人間、誰もがエアちゃんみたいならいいのに」

「それは無理ね」

シェリアさんの言葉を、アンジーさんが一刀両断する。

きっとアンジーさんもシシィさんも人間ではないのだろう。

でも……。私も『この世界の人間ではない』から一緒だね。

「エアちゃん。私たちは『精霊《ニンフ》』なの」

「精霊《ニンフ》さん？」

「ええ。そうよ。……怖い？」

「……なぜ？」

怖がっているのは、シェリアさんの方ではないだろうか？　目は不安げに揺れていて、私の視線と一度も合っていない。

「私たちは人ならざるものよ？」

「人間も精霊《ニンフ》もエルフも巨人も。みんな種族ですよね？　だったら、精霊《ニンフ》ならざるものでエルフならざるもので巨人ならざるものでしょ？」

私の言葉に、シシィさんとアンジーさんが顔を見合わせて笑い、全身が光ると背中にトンボやチョウチョに似た、はねの生えた姿になった。

「私とシシィは『花の妖精』なのよ」

「エアちゃん。……どうかな？」

「……背中にはねが生えてます」

「あら？　感想はそれだけ？」

「……服がお花、でしょうか？」

シシィさんとアンジーさんは、花を上下逆さまにしたような膝丈のドレスを着ている。たぶん、自分の花をイメージしたドレスなのだろう。

精霊《ニンフ》のフィシスさんたちが色っぽいなら、妖精のシシィさんたちは可憐な姿だった。

四人が本来の姿を私に見せてくれたのは、「自分たちのことを知ってほしかったから」だそうだ。本の知識ではなく、実際はどんな種族なのかを。

「それに、エアちゃんにだったら本来の姿を見せてもいいって思ったの」

精霊《ニンフ》や妖精が本来の姿を見せるのは、最上級の親愛の証らしい。

「私たちの場合、エアちゃんは妹だけどね」

そう言ってミリィさんの反対側から抱きつくアンジーさんと、後ろから抱きしめてくるシシィさん。本来の姿に戻っている二人からは、優しい花の香りが漂ってきた。

部屋の扉がノックされて、職員が「失礼します」とひと言断り部屋に入ってきた。

しかし彼女は部屋をキョロキョロ見回すと、「失礼ですが、ほかの皆さんはご不在ですか？」と聞いてきた。

「すぐ戻ると思うけど？」

ミリィさんの言葉に職員が「そうですか」と言うと、後ろから「いいわ。ここで一緒に待ってるから」とエリーさんが入ってきた。一礼して職員が退室すると、

「何やってるのよ。こんな時に」

とエリーさんはため息を吐《つ》く。

「今の職員さんには、シェリアさんの姿が見えていなかったの？」

「そうよ。私たちの姿もね」

シシィさんの言葉に驚いていたら、フィシスさんがさらに驚くことを言う。

「エアちゃんの姿も見えていなかったわよ」

「私も、ですか？」

「私たちが触《ふ》れていたからね」

「触られていると、私もほかの人から見えなくなるの？」

「そうよ。本当《この》の姿でいる時の私たちと、触られている相手の姿は誰にも見えないの。だから彼女にはミリィ以外の姿が見えていなかったわ」

「ミリィさんには？」

「大丈夫よ、エアちゃん。見えているわ」

ミリィさんが私を見ながら頭を撫でてくれる。

今もシシィさんとアンジーさんが私を抱きしめている。

ミリィさんの行動は私が見えているからできる行動だ。

「私たちの本来の姿を知ってる人は、別の同族でも見ることができるようになるの。だからエアちゃんは、これからは精霊《ニンフ》と妖精が姿を隠していても見えるようになるわ」

「それで？　この姿になっているということは、幼竜問題を先に片付けるってことなのね」

「ええ」

エリーさんの言葉に同意したシェリアさんが、両手を木の字のように広げると、足元に光の環《わ》が現れた。

「シェリア？　シェリアなのね？　珍しいわね。フィシスも一緒？」

「ええ。ちょっと聞きたいことがあるの。全員に繋いでもらえる？」

「いいわよ」

突然、女性の声が聞こえてきた。周りを見回しても、誰の姿も見えない。

「エアちゃん。精霊《ニンフ》専用の『通話』だと思って」

シシィさんに小声で言われて頷いた。

「結界は張らなくていいの？」と聞くと、扉に一番近くにいるエリーさんが「何で忘れてるのよ」と言いながら、部屋の隅に結界石を置いて結界を張ってくれた。声が部屋の外へ漏れることはないが、先ほどみたいに部屋を開けられては困るだろう。

「ゴメンね、エリー。忘れてたわ」

「ほんと。今日からエアちゃんには誰も頭が上がらなくなったわ」

「……ダンジョンで何かあったの？」

「あったわよ。すでに解決済みだけどね」

エリーさんの言っているのはアリの卵部屋のことだろう。

「シェリア！　フィシス！」

通話の向こうから女性たちの声が聞こえる。

「コッチの話は後でね」

「え？　今の声ってエリー？」

「エリーも一緒なの？　久しぶりねー」

「そんなことより大事な話があるの」

「えー？　エリーともっと話をさせてくれないなら、聞きたくないわ」

「いい加減にしろ！　ふざけて良いときと悪いときの区別もつかんか！」

突然、男性の怒鳴り声が聞こえて、好き勝手に話していた精霊《ニンフ》さんたちが一瞬で静かになった。

「フィシス。シェリア。話の前に確認したいことがある。……そこに人間が一人、紛《まぎ》れているな」

「はい、父上」

シェリアさんが短く答えた。男性は、フィシスさんとシェリアさんのお父さんのようだ。

「え？　何で人間なんかが」

「フィシス、シェリア。二人共、人間なんかと関わったから、頭がおかしくなったのよ！　早く戻ってきなさい！」

私の存在を知って、向こうにいる精霊《ニンフ》さんたちの騒ぎ立てる声が聞こえる。

「……お前たちは黙りなさい」

「でも……」

「黙れ！」

ピシャリと男性が叱ると、再び静かになった。

「フィシス。シェリア。その子は信用できるのかね？」

「はい。私たちだけでなく、アンジーとシシィも信用しています」

「そうか」

男性がそう言うと、その部屋の半分が森に変わった。

驚いて見回していると、「空間を繋いだのよ」とアンジーさんが教えてくれた。

目の前に、フィシスさんやシェリアさんの今の姿によく似た女性たちと、威厳はあるけど優しそうな男性が立っている。

「娘たちが失礼なことを言った。申し訳ない」

そう頭を下げた男性に立って挨拶をしようとしたが、シシィさんもアンジーさんも離してくれない。「シシィさん、アンジーさん」と声をかけても、「エアちゃんは立っちゃダメ」と止められた。

私たちのやりとりに気付いた女性たちが、「何？」「何をしようとしたの？」とまたざわつく。

「ああ、座ったままでいい。彼女は我々に、立位で挨拶をしようとしただけだ」

前半は私に。後半は女性たちに、私が何をしようとしたのか説明してくれた。

「……はじめまして、エアと申します。座ったままで申し訳ありません」

そう言って頭だけペコリと下げた。

「ふむ。フィシスたちが気に入るハズだな。ちゃんと礼儀ができている」

「それだけじゃないの。ねえ、エアちゃん。後ろの人たちを見てどう思った？」

「……フィシスさんやシェリアさんの、今の姿に似てるなー」

「男の人は？」

「……威厳はあるけど優しそうなお父さんだなー」

シェリアさんに聞かれるまま答えるとシシィさんとアンジーさんはクスクスと笑い合い、フィシスさんとシェリアさんは「これよねー」と笑っている。

驚いていた精霊《ニンフ》の皆さまだったが、エリーさんが「どう？　私たちが気に入るのもわかるでしょ？」と言うと、

「ああ。まったくだ」

と言いながら、男性が近付こうと一歩踏みだした。

「あ！　ダメ！　来ちゃダメです！」

私は思わずそう叫んで、カバンを身体の後ろに回して隠した。

私の声に驚いて全員の動きが止まったが、すぐにエリーさんが「ああ」、と気付いたようで、「精霊王。私から説明する」と言ってくれた。

「エアちゃんが止めたのには理由がある。みんなに調べて欲しいことがあって呼んだんだが、その理由がエアちゃんの収納ボックスに入っている。エアちゃんは私に預けようとしたが、私が何が起きるかわからないとの理由で断った。エルフの里には持ち込めないからな」

「そうか。だから近付くのを制止して私を守ろうとしたというわけかな？」

男性に聞かれて頷いた。しかし……「精霊王さま？」とエリーさんを見上げる。

「ああ、大変失礼した。私はオーラムという。シェリアやフィシス、ほかの精霊《ニンフ》たちの親で王をしている」

男性の言葉を聞いて、女性たちは三度口々に騒ぎ出した。

男性のように位の高い精霊《ニンフ》たちの真実の名前を教えるということは、支配権を奪われて操《あやつ》られかねないらしい。フィシスさんたちや精霊《ニンフ》の女性たちの名前は知られても大丈夫だ。

昔の日本でも、権力者の真名《まな》には生命が宿っていると言われ、名前を知られると操《あやつ》られてしまうと聞いたことがある。そのため、家族にも教えてはいけなかった。

……そういうところは、何故か日本に似ているようだ。

「父上！　なぜ名を名乗ったのです！」

「礼を欠いたのはこちらだ。名乗るのは当然ではないか？」

「ですが！」

「それに……彼女は我らの名を悪用しないだろう」

男性こと精霊王は、私を見て「オーラムと呼んでくれてよい。私もそなたを信じよう」と許可を出した。フィシスさんやシェリアさんを見ると、「名前で呼んでいいのよ」と言われる。

「オーラムさん……迷子の闇属性の幼竜さんに心当たりありませんか？」

「迷子の幼竜？」

「ああ。今日エアちゃんが潜《もぐ》ったダンジョンがアントに乗っ取られていた。アントは討伐《とうばつ》したんだが、ドロップアイテムに闇の貴石があってな。その一つを偶然私が鑑定したら、中に眠っている幼竜がいた」

エリーさんの説明を黙って頷いていたオーラムさんは、「その子を見せてくれるかな？」と私に聞いてきた。

エリーさんを確認するように見上げると渡して大丈夫だよと言われたので、幼竜の眠る貴石を取り出す。いつの間にか目の前に来て、私を威圧しないように左膝をついていたオーラムさんに手渡した。

オーラムさんが貴石を受け取ると、貴石の周りに透明の膜が張られた。

「ああ。北の島に棲《す》む竜の子だな」

「この子。……お家に帰れますか？」

「ああ。私が直接届けよう」

「良かったわね、エアちゃん」

「はい。オーラムさん、お願いします」

ペコリと頭を下げると、オーラムさんは私の頭を優しく撫でた。

幼竜をオーラムさんに託すと、私たちの周囲は元の部屋に戻っていた。

正確には精霊《ニンフ》の皆さんが去ったため室内が元に戻った、ということだろう。フィシスさんたちも人の姿に戻っている。

「シェリアさん。このアントの甘いみつ、どうしましょう？」

そう言いながら、シェリアさんにひと瓶手渡した。すでにほかの皆さんにはプレゼントしたからね。

「すべて買い取りたいけどね」

「ひと瓶、最低十五万ジル……を一万五千本」

「そうなのよ……最低でも二十二億五千万ジル」

「半分を冒険者ギルドが請け負うか？」

「でもギルドで買い取ると、置いておけないのよね。……流通で売り上げを出さないといけないから」

「……仕方がないけど、個人で買い取るか」

なんか、シェリアさんとエリーさんが大変な話をしている。聞きたいことがあるけれど……

「エアちゃん、どうしたの？　何か心配ごと？」

「あ！　早く帰りたいんだった？」

「いえ。宿には遅くなると伝えてあります」

アンジーさんとフィシスさんも気付いて、小声で聞いてきた。

でも、私が気にしているのは別のこと……

「あの……オーラムさんがフレンド申請をしてきたのですが……承認した方が良いのでしょうか？」

「……え？」

「ちょっと……」

二人が呆れた表情をする。私は幼竜がどうなったか、後日教えてもらえるのだと思ったのですが……。違うのでしょうか？

私がそう言うと、二人はため息を吐《つ》いた。

「わかったわ。エアちゃんの好きにしていいわ。でも何か連絡が来たら、どんな小さなことでも教えて？」

「はい」

そう返事をして、オーラムさんの申請を『拒否』した。

すると、すぐにフィシスさんの通話が鳴った。何も知らないフィシスさんが通話を受けると、

「エアちゃんに何言ったー！」とオーラムさんの叫び声が聞こえてきた。

それにほかの四人も驚いて、六人の視線が私に集中した。

「え？　何が……」

「私がエアちゃんに送った申請が拒否された！　何故だー！」

「え？　……エアちゃん。拒否しちゃったの？」

「だって、フィシスさんもアンジーさんも、オーラムさんの申請にあまりいい顔をしなかったから。それにフィシスさんは『好きにしていい』って言ったから……。ちゃんと考える時間もほしかったので、拒否してみました」

「エアちゃん。相手は『精霊王』で……」

「フィシスさんとシェリアさんの『お父さん』でしょ？　オーラムさん、自分でそう言ってましたよ？」

私がそう言うと、通話の向こうから「言ったわね」「そう挨拶したわね」という声と、クスクス笑い声が聞こえてきた。

「オーラムさんからの連絡をフィシスさんが取り次いでくれたら、私からフィシスさんにお話ししなくてもいいでしょ？　それに私がダンジョンに入っていたら、オーラムさんにはわかるのでしょうか？」

「それはちょっと無理ね」

今日、ダンジョン内で色々と気付いたことがあった。

地下四階までのダンジョンでも、ほぼ一日使ってしまうこと。

メールが届いてもチャットと違ってステータスが開かないため、心配させてしまうこと。

ダンジョン内での『通話』で、魔物が寄ってくること。今みたいに、通話を開いて開口一番に大声を出されては困る。

そう伝えたら、エリーさんとフィシスさんが頷いた。

「確かに、ダンジョン内だけでなく街中《まちなか》でも困る。誰かに聞かれて困る通話なら、結界を張る必要があるね。魔物には音や声で反応して襲ってくるのもいる」

「そうね。今日のミリィみたいに、通話中に魔物に気付いて切ったら、泣いて手がつけられなくなるのは困るわ。これがフレンド登録していたら、エアちゃんに迷惑がかかってしまうわね」

「それはそのまま、エアちゃんの生命を危険に晒《さら》すことになる。『精霊王』はエアちゃんの生命を奪う気か？」

「そんなはずがなかろう！　……いや。ただ困っている時に手を貸したい。そう思っただけだ」

「だったら、アミュレットを渡せばいい。エアちゃん。アミュレットは『お守り』だ。収納ボックスに入れているだけで効果はある。身につける必要はないから、邪魔にはならない」

エリーさんが、アミュレットの説明をしてくれた。

身につけなくていいなら、「戦闘中に落として拾っていたら襲われました～」とか、「誰かが落としたアミュレットを踏みつけて、足を滑らせてバランスを崩しました～」なんていう悲しい死因は避けられるだろう。

「エアちゃん。アミュレットは私とシェリアが用意するわ。だから安心して」

フィシスさんの言葉にシェリアさんも頷いている。

「おい、アミュレットくらい……」

「父上に冒険者の何がわかるのです？」

「……」

『精霊王』は、冒険の危険性がわかっているのですか？」

「……………」

「それ以前に、長らく森の中に引き篭《こ》もっている父上に、人間の何がわかっているのですか」

「……………」

オーラムさんは、フィシスさんが許可をしてからフレンド申請をすることになった。

＊＊＊

部屋で寝転んで友だちとチャットをしていると、地震を知らせるアラームが鳴り響き、部屋が揺れたと同時に周りが白く光った。

目眩《めまい》が落ち着いて目を開けると、私は知らない部屋に座り込んでいた。

何か騒いでいる男の人たちに恐怖を感じたけど、右斜め前には同じようにリュックを背負って座っている女性がいた。

「な、なに？　一体なにごとなの……？」

「ここはどこ……？」

彼女の声に、私も思わず呟《つぶや》いていた。

私の声が聞こえたのだろうか。驚いて振り向いた彼女は、黒髪で優しそうな年上の女性。

「あなたも地震で？」

「はい。あなたもですか？」

「ええ。……揺れた直後に周りが眩《まぶ》しく光って」

「わ、私も同じです！」

良かった。私一人じゃなかった。そのことが変な話だけど嬉しかった。

でも、その喜びも『ある男の登場』で、すぐに打ち消されてしまった。

『聖女』の召喚が成功したとは真《まこと》か」

「はい。此度《こたび》の聖女様は、お二人にございます」

「なに？『二人』だと？」

コスプレみたいな姿の男の人がジロジロと私たちを見てきて、私は思わず女性の後ろに隠れてしまった。

私たちを見下《みくだ》してくる目つきが怖い。

女性は、私を庇《かば》うように手を広げて守ろうとしてくれた。

「聖女は一人でいい！　そっちの女は聖女ではない！」と言って、男の人は私の腕を掴み、無理矢理引き摺《ず》って部屋から出て行こうとする。

「いや！　助けて！」

「何するんですか！」

私の助けを求める声に、真っ先に動いてくれた女性に手を伸ばしたが、女性は男の人たちに両腕を掴まれてしまい、触れることができなかった。

「おやめください！　あの方はこの国の第二王子レイモンド様です」

「この国では、女の子の腕を掴んで床を引き摺《ず》って歩くのが『正しい作法』なのか！」

女性の怒鳴り声に、王子というこの男は鼻で笑った。そして「この私は何をしても許される」と言い切って、そのまま私の腕を引き摺《ず》って部屋を出た。

部屋を出る時に、近くにいたおじさんに「あの女を早く城から追い出せ」と命令していた。

私を無理やり立たせて「お前が私の機嫌を損ねれば、あの女を殺す」と脅してくる。

私は言うことを聞くしかなかった。

泣きながら、前を歩く男について行く。少しでも遅れれば「今この場で殺されたいのか」と腰から抜いた剣を向けてきた。……きっと「人を殺してみたかった」と言う殺人犯たちは、この男のように瞳に狂気を浮かべてニタニタと笑っているんだと思う。

「ここだ。入れ」

男に押し込まれるように部屋に入れられた。広い部屋に高そうな家具やシャンデリアが飾られている。そのまま背中を押されて、いくつもある部屋の奥へ引き摺《ず》り込まれると、そこには大きめなベッドが置かれていた。

そのまま押し倒されて服を引きちぎられる。私が悲鳴をあげると、「お戯《たわむ》れはおやめください。何人《なんぴと》であろうとも、聖女様に手出しすることは許されません」と女性の声がした。男は舌打ちをして、私の上からおりて無言のまま部屋から出ていった。

震えて泣く私に近付いて来た女性が跪《ひざまず》いて、「聖女様のお世話を仰せつかりました、マリーと申します」と挨拶をしてきた。

「ご安心ください。誰であろうとも、聖女様には危害を加えることはできません」

マリーと名乗った女性はそう言って抱きしめて慰めてくれた。

……私の精神は、そこまでで限界を迎えてしまった。


気付いたら、私はベッドで眠っていた。

身に着けていたのは男に破られた服ではなく、肌触りのいいネグリジェだった。あのマリーさんが着替えさせてくれたのだろうか。

外はすでに暗く、今がいつなのかもわからなかった。

私は女性と違って何も持っていなかった。地震の直前まで手にしていたスマホも。

ベッドから出ると扉をノックされて「聖女様、マリーです。入ってもよろしいでしょうか?」と声がした。

「は、はい。どうぞ」

私の返事に「失礼します」と言ってマリーさんが入ってきた。

「聖女様。お加減はいかがでしょうか?　軽い食事をご用意しましたので、少しでも召し上がりますか?」

私が頷くと、肩にガウンを掛けてくれた。そのまま、ダイニングテーブルの置かれた部屋へ案内された。

一つしかないイスに座ると、サラダやスープなどと一緒にチキンを挟んだサンドウィッチが出された。

「聖女様には、何不自由なく過ごしていただけるよう……」

マリーさんの言葉で、私と一緒にこの世界に来た女性のことを思い出して再び涙が落ちた。彼女はどこにいるのだろう。知らない世界で、城から追い出された彼女は……

「聖女様？　いかがされましたか？」

マリーさんの言葉から、あの女性のことを聞いていないのだとわかった。だから、泣きながら女性のことを話した。

マリーさんは驚き、すぐに女性のことを探してもらえることになった。ただ、あの女性の特徴になると思った黒髪はこの世界では珍しくないそうだ。

それでも、私が連れ出された後どうなったかだけでも知りたかった。

翌日の夜、少しだけ話が聞けた。

女性は昨日の夕方にはお金と身分証を貰って、城から出て行ったそうだ。……城の出口まで案内した相手に礼を言って。

でも、その後はわからなかった。

王都内を虱潰《しらみつぶ》しに探し回っても、女性は見つからなかった。

それまでに、何人もの黒髪の女性が王都を出ている。その中にいるのだろうと話していた。

今、お城の中でも大騒ぎになっているらしい。というのも、聖女として召喚されたが、あの王子に城から追い出された女性を誰も知らなかったから。

王子が口止めをしていたそうだ。

そして、今日。非公式で、王様は私と会って挨拶がしたいという。

マリーさんの説明だと、この国では、私たち『聖女』の方が王様よりも立場が上なのだそうだ。

会いたくない。話なんかしたくもない。それでも、直接会って言いたいことがあった。憎しみの感情を。恨みの言葉を。国王に直接ぶつけたかった。

一時間後に、王様が私の閉じ込められているこの部屋にやってきた。

挨拶も名乗りもせず、真っ先に土下座をして謝罪の言葉を延々と繰り返している。

でもその謝罪は私ではなく、城を追い出されて行方のわからない女性へ向けられていた。

「いい加減にしてください！」

思わず声を荒らげてしまった。

だってそうでしょ？　勝手にこの世界に連れてきて『聖女』だなんだって持て囃《はや》されたって、私は嬉しくもない！　あの女性への謝罪を何故私に言っているの？　謝罪したいなら、彼女を探し出して本人に直接謝罪してください！

そして私ははっきり言った。「私は『聖女』としてなにもしません！　する気はありません！　ふざけるな!!」と。

王様は「非礼があったのなら詫びる」とまだ上から目線で言ってきたが、これまで私が受けてきたすべてが非礼で、詫びて済む問題ではないことに気付いていないようだった。

思わず、だったら親子揃って死んで詫びろ！　と喉元まで出かかったけど口には出さなかった。

この国の弱みを握った、そう思うことにしたから。

「私がこの世界に来て、自分の機嫌を損ねたらもう一人の女性を殺すと脅迫された。その上で犯されそうになった。それをしたのはあなたの息子です。そこまでされて、何故自分たちの思い通りに手を貸してもらえると思えるのですか？　次は私を殺すと脅しますか？　どうぞ。殺してください。元の世界に帰れないなら、ここで生きていたいと思いません。唯一、支え合って生きていけるはずだった女性を、あなたたちは真っ先に私から奪ったのだから」

怒りから、私は泣きながら王様に気持ちをぶつけた。

この人たちが、私に何を求めているかなんて知らない。でもこれだけは言える。私はこの人たちのために、聖女として行動しない。

「どうぞ。お引き取りください。そして二度と顔を見せないで」

私がこの話し合いを終了宣言すると、王様は下げていた頭を上げた。

その顔には『あー。やれやれ。やっと機嫌が直ったか』という安堵《あんど》の表情だった。

一度も顔を上げなかったのも、土下座パフォーマンスに私が気付かないようにだったんだ。

……この親子はどこまで私をバカにしているんだろう。

それに気付いた私の頭と心は、自覚できるくらいに急激に冷えていった。

「そうそう。ところであなたはどこのどなたです？　名前も名乗らず、この場にいない女性に対しての謝罪を連呼して、目の前にいる『私』の存在は無視し続けてくださいましたね」

私の言葉に、やっと自分の非礼に気付いたのか、王様の顔は真っ青になっていった。

「私に一言も謝罪しないで、自分の言いたいことだけを言って気が済みましたか？　私を脅して襲ったあなたの息子と頭の中は変わりませんね。これだけははっきり言えます。私だけじゃない。彼女だってあなたたちに手を借りる気はない。もちろん貸す気なんてないわ。だから、城から出て行ったのよ！」

ああ。自分で言ってて気付いたわ。私は、彼女をこの人たちの都合にあわせて呼び戻すための人質なんだって。私の時と同じ、今度は私を殺すと脅すつもりだ。彼女にはワザと自由を与えたようで、私という枷《かせ》を嵌《は》めて自由を奪っている……

彼女は私と違って強い人だ。だから……私は足手纏《まと》いになってはいけない。

私の願いはただ二つ。「この世界に二度と聖女が召喚できなくなればいい！」。

自分たちのことは自分たちで解決しろ！　違う世界の、無関係の私たちを巻き込むな！　夢を、希望を、未来を、人生を、私たちから奪う権利は、お前たちにはない！

そして、お互い名前を知らない彼女。もう一人の私。この世界から元の世界に戻れないなら、「どうか、この身勝手な人たちに捕まらずシアワセになって」。

そう願ったら、私の周りが金色に輝いた。

すべてを奪われた私だったが、唯一残された『自由に選んでできること』に気付いた。

私は、金色に光っている私に驚いて動けない王様に近付いて行った。そして、彼が腰に差している短剣を抜くと、そのまま自分の胸に深く突き刺した。

驚愕の表情を見せた王様に、私は心の中で呟《つぶや》いた。

「ざまあみろ」と。

第五章

「ん……んー！」

上半身を起こして身体を反らして伸びをした。昨日の疲れもグッスリ眠れたからか、ほとんど残っていない。

ベッドから出て身支度を始めた。

昨日の騒ぎが落ち着くまで、数日は宿でゆっくりするつもりだ。そのため、ワンピースにあわせて身につけているのは、ベルトに装着するポーチ型の収納ボックスだけ。

「あ！　お姉ちゃん！　おはよう！」

部屋から出て一階に降りて行く途中で、私に気付いたマーレンくんが挨拶をしてくれた。

「おはよう。マーレンくん、ユーシスくん」

「もう、おはようの時間じゃないだろ」

ユーシスくんが呆れながら言ってきた。すでに食堂は昼のピークを過ぎており、現在の時刻は十三時少し手前だ。

「ユーシスくん。起きたら挨拶は？」

「……おはよう」

「私は、今起きたばかりだからね」

「……屁理屈《へりくつ》」

「間違ったことは言ってないでしょ？」

私の言葉にユーシスくんは苦笑する。

「メシ食ってけ」

カウンターに現れたパパさんにそう言われると、ユーシスくんが「ここに座って」とカウンターの椅子を引いてくれる。

「ありがとう」

「昨日のことがあってね。外は屋台や露店が開《ひら》けないんだよ」

「あら。そうなんですか。だったら今日は食堂も大変でしたね」

「おかげで仕入れもままならん。できたぞ」

話に加わったパパさんが肉を挟んだサンドウィッチを出してくれた。ほかには、サラダやスープもついている。

「アンタが昨日くれたイノシシ肉を仕込んでいたおかげで、今日明日は凌《しの》げる。助かった」

「何か足りないものでも？」

「足りないというか。仕入れが完全に止まったからな。食材が足りないから、メニューを制限して乗り切るしかない」

「確か、行商人や乗合馬車は安全が確認されるまで制限するとは聞いていましたが……。露店や屋台を開かないとは聞いていませんでした」

そう。シェリアさんは「収納ボックスを持っている行商人はいるからね。しばらくは大丈夫だと思うわ」と言っていた。だから閉鎖するなんて思っていなかった。

「今街の外に出られるのは冒険者くらいなもんだ。しかし、レベルの低い冒険者は怖がって出ようとせん」

「私は昨日、イノシシ狩りしかしなかったから……」

そう言いながらユーシスくんを見ると、「明日出掛ける気なんだろ」とため息を吐《つ》いた。

「ダメだよ！　お姉ちゃん！　あぶないよ！」

「だって、私もお肉は食べたいもん」

「お姉ちゃん……レベルは？」

「ん？　113だよ。冒険者ランクは『初級者ランク』の27」

「そうは見えない」

「うわっ！　ユーシスくん。何気《なにげ》にひっどーい」

私が大げさに言うと、ユーシスくんとマーレンくんが声を出して笑いだした。ママさんも笑っているし、パパさんも目元が笑っている。さっきまでの悲観した表情は払拭《ふっしょく》できたようだ。

「ああ。そういえば、調味料や野菜は足りているんですか？」

「屋台が出ないから買い出しに行けなくて、野菜は足りないな。調味料は商人ギルドの方で売ってるから大丈夫だろう」

「牛乳やキノコなどは？」

「え？　キノコあるの！」

「コラ！　ユーシス！」

あれ？　珍しくユーシスくんが子どもらしい反応をしたな。ママさんに注意されて黙っちゃったけど。

「ユーシスくんはキノコが好き？」

「うん。でも……」

「一つ一つが小さいから、まとめて買うには高すぎる？」

そう聞くと「そうなんだよ。ユーシスの好物なんだけどね。家族四人が満足できる量を買うには、最低でも一千ジルになるからね。そんな贅沢、可哀想だけど無理だね」とママさんに言われて、ちょっと落ち込むユーシスくん。

「じゃあ、野菜は貸しにするので、店が再開したら買って返してもらうということでいいですか？もちろん、一度に買って返すのは難しいでしょう。なので、少しずつ返してもらえればそれでいいです。私が王都で活動するときにこの宿を拠点にしていれば、それも可能だと思いますよ」

「お姉ちゃん。いいの？」

「だって、ここで泊まっている間は使わなくていいもの。宿は足りない。私はあるけど使う予定がない。だったら必要な人に貸す方がいいでしょ？　それは巡り巡って私のお腹に入ってくるんだから」

「本当にいいのか？」

「良くなかったら提案しませんよ」

そうパパさんに笑って言うと、驚かれたが「助かる」とお礼を言われた。

食事を終えてから、特別に厨房へ入れてもらった。厨房は広く、ここで一人で料理してるパパさんはすごいと思う。日本で十人以上の料理人が働く大きな料理店の厨房のようだ。

そんな厨房の片隅に、大きな袋に入ったジャガイモが置いてあった。

「あれ？　なぜジャガイモが大量に？」

「ああ。それはマーレンが注文ミスしたんだ。倉庫にアレが三袋ある」

ユーシスくんが教えてくれると、食器を洗っていたマーレンくんが「ごめんなさい」と小声で謝った。『十キロの袋を五袋』の注文を『五十キロの袋を五袋』で注文してしまったらしい。宿で使っている魔導具は仕入れや通販に使われるそうだ。そこに登録している取引店に注文したら、並び順が変わっていたらしい。新着の野菜が上に出る仕組みになっているようで、「確認しないからだ。いい勉強になっただろ」とパパさんに言われていた。

「パパさん。このジャガイモと厨房を使わせてもらってもいいですか？」

「ああ。いくらでも使ってもらってかまわんが……」

厨房の中央にある広い作業台にジャガイモの袋が載せられると、コロコロといくつも転がってきた。まるで待ってましたと喜んで出てきたように見える。

不足している食材をパパさんに確認してもらうことにして、その間にジャガイモについた土を洗い流す。風魔法でサクッと薄切りにしたり、くし切りや拍子切りにしてから水分を飛ばした。残りはたっぷりの水に丸ごとのジャガイモを入れて、火の魔石が組み込まれたコンロを使って茹でる。もう一つの鍋には、たっぷりの油を熱していく。温度が上がると保温で温度が下がらないようにした。

キュウリやニンジン、タマネギも切って水にさらしていく。

「すまない。ちょっといいかな？」

パパさんに呼ばれて、作業の手を止める。

パパさんが足りないという、キャベツやハクサイなどの野菜を三十個ずつ出していった。

「バターや牛乳もあれば頼みたいのだが」

「大量にありますから大丈夫ですよ。卵は？」

「……」

「余裕があったほうが良いですよね？」

「何から何まですまない」

牛乳やバター、卵を出すと、パパさんは大きな業務用冷蔵庫に入れていく。金属製品も普通にあるこの世界だから、あってもおかしくはないが……。動力は魔石のようだ。ちなみに、使う魔石によって冷凍庫にもなるらしい。

「お姉ちゃん。パンを削り終わったよ」

「ありがとう。大きな皿に入れてもらえる？　ついでにもう一皿出して、この卵を割って混ぜてくれるかな？」

「まかせて！」

マーレンくんはお手伝いができることが嬉しいようで、楽しそうに手伝ってくれている。

「ジャガイモが茹であがったよ」

「ありがとう。じゃあ火を止めてもらえる？」

「わかった。皮を剥《む》くの？」

「ちょっとまって。そのままでは熱いから」

「平気だよ」

「だーめ。ちゃんと言うことを聞かないと火傷《やけど》して痛い思いをするのはユーシスくん自身なんだよ」

私が注意すると、「お兄ちゃん、お父さんと同じこと言われたー」とマーレンくんは笑っている。

「ユーシス。人の注意が聞けないなら厨房《ここ》から出ていけ！」

パパさんに注意されて落ち込むユーシスくん。パパさん、それではユーシスくんには怒られている理由がわかりませんよ。

「ユーシスくん、ついでにマーレンくんも。厨房は遊び場ではないよ。どんな使い慣れたものでも、一瞬の気の緩みから簡単に生命を喪うことになる。……小麦粉も、使い方を間違えれば爆発する。それを忘れるんじゃないよ」

私がキツめに注意をすると二人は青ざめた。特に小麦粉の話で。

きっと、小麦粉があまりにも身近にあるため、危険性を知らないのだろう。

ここが厨房のため小麦粉を例に出したが、木工所の切粉《きりこ》でも爆発する。可燃性の細かな粉末が、一定の濃度以上で大気中に浮遊すると、静電気みたいな小さな火花で引火して大爆発を起こしてしまう。いわゆる粉塵爆発《ふんじんばくはつ》だ。

この世界では日常的に魔法を使う。魔法を覚えたての子どもが、粉塵《ふんじん》の舞う場所で自慢するように火魔法や雷魔法を使えば大惨事だ。

「二人とも。ふざけて良い場所と悪い場所をよく考えて。いいわね？」

「「はい。ごめんなさい」」

私の注意に二人はさらにシュンとしてしまった。ふざけるように手伝いをしていたことに気付いて反省したのだろう。

「ほら。マーレンくん、手が止まっているよ。それが終わったらユーシスくんを手伝って。ユーシスくん、その鍋の中からジャガイモを出して皮を剥《む》いて。もう触っても大丈夫だと思うから」

「「え？」」

「あれ？　二人とも、もうお手伝い終わり？」

「いや。手伝う」

「僕も！」

「じゃあ頑張って。皮を剥《む》いたジャガイモは潰してね」

私はフライパンに熱した油を馴染ませてから、ミンチ肉を炒めていく。火が通ると、皿に載せて冷ます。隣のコンロでは小鍋で湯を沸かし、塩を入れて枝豆に似た豆を投入する。

今使っている食材は、ジャガイモ以外はすべて私が屋台や露店で購入したものだ。マーレンくんにパン粉にしてもらったパンも、屋台で購入したロールパンを使っている。

「ユーシスくん、マーレンくん。ジャガイモは熱くない？」

「大丈夫だよ」

「……なにをしたの？」

「ん？　お湯を水に戻しただけだよ。今温《ぬる》いのは、ジャガイモの熱が水に移ったから。でも芯は熱いから、潰すときは火傷《やけど》に気を付けて」

「わかった」

皿の上にキッチンペーパーを載せると、少し深めのフライパンに油をたっぷり入れた。拍子切りにしたジャガイモに小麦粉と片栗粉に塩を混ぜたものをまぶしてフライパンに入れる。水分を切ったジャガイモは水はねも起きない。ジャガイモから出る泡を確認しながら次々と皿へあげていった。

「手際がいいな」

「ひとり暮らししてましたから」

「それでは、ジャガイモを潰すのを手伝ってあげてもらえますか？　冷めてくると固くなるので、二人だけでは大変だと思います」

「何か手伝うか？」

私の調理を少し離れて見ていたパパさんも、実は手伝いたかったようだ。作業台で子どもたちと一緒にジャガイモを潰している。

茹であがった豆をザルにあげて冷ます。

拍子切りにしたジャガイモをすべて揚げ終えると、今度はくし切りにしたジャガイモを同じように粉をまぶしてから揚げていく。

「あっつ！」

作業台の方から声が上がり、振り返るとユーシスくんもマーレンくんも口を押さえて、パパさんは顔を背けている。ですが、頬が動いているので二人と同じことをしたのだろう。

「ったく。揚げたてですから、熱いのは当然でしょう？」

そう言って笑うと鍋に目を戻した。

「つまみ食いは一つだけですよ。約束が守れないなら『おあずけ』にします」

そう言いながら、皿に皮付きのフライドポテトを載せていく。背後で慌てていたようだが、気付いていないフリをしようか。……少し冷めてから味見をしてもらおうと思っていたが、その必要はなかったようだ。

くし切りにしたジャガイモも、薄切りにしたジャガイモもすべて揚げ終えると、三人の方でもちょうどジャガイモをすべて潰し終わったようだ。薄切りのジャガイモに塩を振ると、深めの鉢に入れた。自家製のポテトチップスだ。

「はい。お疲れ様でした。これはオヤツですよ」

「食べていいの？」

「どうぞ。でも食べすぎないでくださいね」

ポテトチップスだけ出して、フライドポテトやマッシュポテトは三人から離した。

さすがに、まだ味のついていないマッシュポテトはつまみ食いしなかったようだ。

「いいニオイがしてるわね～。カウンターまで漂ってきていたわ」

タイミングよく、ママさんが厨房に入ってきた。

「ママ！　これ美味《おい》しいよ！」

「ああ。美味《うま》い」

「お姉ちゃんが作った」

「あら。頂いても？」

「どうぞ」

ママさんも一枚口にすると「美味《おい》しいわ。これ」と喜んでくれた。

「そうそう。さっき、お城から人が来ていたわ。人探しをしているそうよ。黒髪でステータスレベルの低い女性を探してるんですって。だから、黒髪の女性は確かに泊まっていますが、レベル１００超えは低レベルですか？　って聞いたら『人違いだった』って帰っていったわ」

「先日も貴族が探してるって話でしたが、その貴族ってお城の関係者だったんですね」

……やっぱり、彼らが探しているのは私だろう。ノコノコと名乗り出る気はないが。

「昨日もたくさん門にいて、やっぱり黒髪の女性に名前やレベルを聞いてた」

「お姉ちゃんは何か言われた？」

「私は、マーレンくんとユーシスくんが一緒だったからかな、何も聞かれなかったわ。でも、いつまで繰り返すのかしら？　外に出る度に名前とレベルを確認され続けるなら、黒髪の女性は出歩けなくなるわね」

「放っておいても、もうすぐ騒ぎが起きる」

「そうね。人々に不安や不満が膨れ上がっているから、爆発するのもそう遠くないわ」

「……もしかすると、昨日の初心者用ダンジョンの一件で、爆発が早まる可能性がありますね。ダンジョンの管理は、ギルドではなく城ですから。それに露店や屋台が出せない状態が続けば、一般家庭でも食材が買えなくて大変でしょうね」

そう。一日二日なら何とか我慢できるだろう。しかし、これが続けば暴動に発展しかねない。

優先順位を一つでも間違えれば国は滅びる。たとえ国が滅んでも、戦火にならなければ上に立つ者と国名、税率が変わるだけで、この王都の人たちの日常自体はそう変わらないだろう。

たくさん作ったポテトチップスだったが、四人が夢中で食べていたため、あっという間になくなってしまった。私は五枚で終了。

そのため、あとで食べてもらうはずだったフライドポテトも出すことにした。

フライドポテト用に、オーロラソースも作った。ポテトには塩味がつけてあるが、オーロラソースも好評だった。市場で粒マスタードを見つけて購入していたので、マスタードマヨネーズも作った。この世界のものは日本の物よりも刺激が強かったが、ユーシスくんもマーレンくんも興味津々だったので、ひと言だけ注意した。子供が口にするにはまだ早いかもしれないけど、味見は大事だからね。

二種類のフライドポテトとポテトチップス、そして二種類のソースは、完成すると同時に『レシピを登録しますか？』と表示されたので『登録する』を選択した。

毎回レシピを贈る人が決まっている場合、その人を固定指名できるようだ。最初のレシピで贈る人の登録ができたので、ミリィさんたちと、この宿を登録。その際『固定指名しますか』と出たので『はい』を選択。以降は『レシピを固定指名した相手に贈りますか』と出た。

フレンド登録していると簡単だけど、登録していなくても固定指名はできた。同名の人がいる場合、検索を追加すれば絞り込みが可能らしく、ミリィさんは『守備隊隊長』で出てきた。

レシピは一日一回、商人ギルドから届くようだ。今作ったレシピは、明日届くだろう。

お店を登録すれば、お店がレシピを使ったときに私へ支払う使用料は無料。売り上げが出れば出るだけ、お店の利益になる。

「パパさん。明日商人ギルドから今のレシピが届きますから、よければ使ってください」

「いいのか？」

「はい。固定指名もしています。今作っているメニューのレシピも届きます。しっかり稼いで、ユーシスくんにキノコ料理を食べさせてあげてくださいね」

そう言って笑うと、ユーシスくんとマーレンくんが「ヤッター！」と大喜びして作業台の周りを飛び跳《は》ねた。


マッシュポテトを三つに分けて、一つにはミンチ肉を混ぜて成形し、小麦粉・卵・パン粉をつけて揚げて普通のコロッケ、もう一つは、ミンチ肉ではなく茹でた豆を入れて枝豆入りのコロッケにした。

……そして、つまみ食いをする人が、四人に増えていた。

揚げたては確かに美味《おい》しいが、さすがに「二人で一個！」と注意した。ポテトチップスだけでなくフライドポテトも完食しているのに、すごい食欲だ。

最後のポテトには、水を絞ったキュウリ・ニンジン・タマネギを入れて混ぜ合わせ、塩・コショウ・マヨネーズで味を整える。

ハムの塊《かたまり》を薄く切って……作業台に大人しく並んで餌を待つヒナ状態のユーシスくんとマーレンくんの口に、端っこの固い部分を少しだけ入れた。それから、刻んだハムを入れて軽く混ぜ合わせると、ポテトサラダの完成だ。

コロッケ二種類にポテトサラダも、追加でレシピ登録をした。

ちなみに今作った料理のうち半分は、収納ボックスに入れた。自分用と、フィシスさんたちに試食してもらう分だ。レシピだけ貰っても、実際にどんな料理かを見て食べてもらわないと理解をしてもらうのは難しいから。

それでも、ジャガイモを五十個以上。大袋一つ分を使ったんだけどねぇ……。大袋が残り三袋もある。今作ったメニューだけで、この混乱を乗り切ることができるかな。

「それにしても……ジャガイモを使った料理が、こんなにあるとは」

「まだまだありますよ。ですが、食堂を『ジャガイモ料理専門店』にする気はないでしょ？」

そう言うと、パパさんは苦笑いしています。

確かにポテトグラタンとか粉吹き芋など、ジャガイモのメニューはまだまだある。

だけど、少なくとも明後日まで凌《しの》げれば、肉を持って帰ってこられると思う。

「ああ。そうだ。パパさん。一つ、お願いしてもいいですか？」

「ん？　何かな？」

「これらを使って料理してくださいな」

そう言って、昨日渡していなかった『上イノシシの肉』四つと『特上イノシシの肉』一つを、作業台の上にでーんと取り出した。

昨日、普通の『イノシシの肉』を二つ出した時も思ったが、食用の部分だけが肉の塊《かたまり》になっている。つくづく、収納ボックスと冒険者の称号のタッグ機能が有用だと思い知らされた。

……ちなみに、ただの収納ボックスの機能では解体されずにそのままの姿で収納される。

「こっ……こんな上等な肉……」

「パパさんなら、これを調理できますよね？」

「もちろんできるが……」

「じゃあ、私がぜひ食べてみたいのでお願いします。もちろんお願いしているのはこちらなので、無償提供です。余ったら自由に使ってくださいね」

私の意図に気付いたのだろう。パパさんとママさんは二人とも黙って頭を下げた。

「あ！　ユーシスくん。明日のお弁当にトリの肉のメニューを入れられる？」

「何がいい？」

「何でもいいよ。作ってもらうんだから」

「でも、トリの肉はないよ？」

「あるよ。はい」

作業台にムネ肉・モモ肉・ササミ肉を取り出す。残念ながら、セセリ肉はすでに調味液を作って漬け置きしているため、ここには出していない。

これらは一昨日、お肉の専門店で購入したトリの肉だ。日本同様、ムネ肉やモモ肉、ササミ肉にセセリ肉など部位で販売されていた。その店では、数が少ないため値が張るものの、時々家畜のウシの肉もブタの肉も出るらしい。ちゃんと部位に分けて販売されるそうなので、いずれ購入したいと思う。

冒険者ギルドの前まで、マーレンくんとユーシスくんが送ってくれた。日中に一人で出歩くと、城の連中に「もしもし？」と止められる可能性があるからだ。

その後に続く言葉が「アナタは『聖女』を信じますか～」

……もとい、「ねーきみぃ。お茶飲まなーい？」……じゃなく、「おっねえさーん。名前と住所と電話番号とついでにスリーサイズを教えて～」……どっかのアニメキャラの声で脳内再生された。どことなく近いが違う。

とりあえず、絡まれないように二人は気にかけてくれているのだ。

「お姉ちゃん。帰りは一人で大丈夫？」

「大丈夫よ。二人はお家のお手伝いをお願いね」

「ああ。ウチのことは心配しなくていい」

「じゃあ、気を付けて帰ってきてね」

手を振って帰るマーレンくんと、心配した表情で何度も振り返るユーシスくん。本当にいい子たちだ。

冒険者ギルドに入ると、ここだけはやはり人が多かった。情報収集が目的の人もいるが、半数は酔ってグチを吐いている人たちだ。

「あ！　エリーさん。やっぱりここにいた～」

「あれ？　エアちゃん、どうしたの？　今日は宿から出ない予定だったでしょう？」

「うん、ちょっとね。商人ギルドに行こうと思っていたのですが、その前に依頼書の確認を」

「あー。じゃあ私も付き合うわ」

「昨日のこと？」

「ん。それもあるけどね。エアちゃんってアントの触角、持ってなかった？」

「ありますよ？」

「ほら、これ。職人ギルドからの、素材の直接買い取り依頼書だ」

エリーさんの話だと、買い取り交渉は職人ギルドに行って直接するらしい。

「エアちゃん、私が交渉するから今から行こう」

「はい。お願いします」

標準の買い取り単価がわからないから、エリーさんの申し出は大変ありがたかった。


職人ギルドは商人ギルドからさらに離れた場所にあるらしい。しかし、エリーさんが風に乗って運んでくれたため、五秒もかからずに着いた。普通に歩いたら、私の足では六十分はかかりそうだ。商人ギルドと冒険者ギルドは南部にあるけど、各種職人ギルドは北東の城壁に沿うようにあるからだ。

「エリーさん。どこの職人ギルド《コッチ》が素材を欲しがっていたの？」

「ああ。そういえば、エアちゃんは知らないんだったね。職人ギルドは、この王都に『本部』があるんだ。素材は数ヶ所で共有することもあってね。本部が一括で買い取るんだよ」

「おい。エリーじゃねえか。職人ギルドまで来るなんて珍しいな」

野太い男性の声に驚いて振り向くと、信楽焼《しがらきやき》のタヌキ……ではなく、お腹の出たオジサンが立っていた。

「お！　なんだ珍しい子だな。エリーに連れがいる時点で珍しいけどな」

「ポルタか……。シェリアに睨《にら》まれたくなければ、この子に手を出すなよ」

「おい。……シェリアだけか？　まさかフィシスもとは言わねぇよな」

「さあな」

ニヤリと笑うエリーさんに「マジかよ」と呟《つぶや》く声が聞こえた。このしゃべる信楽焼《しがらきやき》のタヌキは、エリーさんと顔見知りのようだ。

「シェリアさんやフィシスさんのお知り合いですか？」

「ミリィたちもだよ。エアちゃん、第一印象はどう？」

「……まあるいお腹のポンタくん」

私の言葉にエリーさんが何故か納得したように頷く。この世界にも信楽焼《しがらきやき》のタヌキに似たものはあるのだろうか？

「ああ、確かに丸い腹だな。残念ながら、名前はポルタだ。……ポンタと呼んでもいいぞ」

「ポンタさん？」

どうやら、信楽焼のタヌキを思い浮かべたため、聞き間違えていたようだ。首を傾《かし》げて尋ねると、

「……おい、カワイイ子だな。うちの受付に」

「キッカたちもけしかけるぞ」

「ゲッ！　マジか！」

「マジだ。エアちゃん、コイツは『ポンタ』と呼んでいいぞ」

「ポンタくん……？」

「ハハハ。カワイイ名前だな」

「……嫌味で言ったのに気に入ったみたいだな。それよりサッサと仕事に戻りなさいよ」

「はいはい。……ようこそ、『職人ギルド本部』へ」

ポンタくんが、近くの建物の扉を開けて招き入れてくれた。


ポンタくんが職人ギルドの長だった。職員さんや職人さんからは、「マスター」と呼ばれているようだ。

「交渉が終わるまで見学してていい」とエリーさんとポンタくんに言われて、陳列された商品を見学させてもらっている。

昨日知ったが、エリーさんは冒険者ギルドの『裏の領長《ドン》』だった。

ギルド長になれば冒険に出られないし、昨日みたいに駆けつけることもできない。「冒険者でいたい」ということで、『表の顔』は気楽なエルフの冒険者らしい。

それを知っているのは少人数だそうだが、キッカさんたちは知っていた。昨日、ダンジョンで私が尋ねられていたのはこのことだったのだ。

「これはなんですか？」

ポンタくんは私のお供《おもり》のために、職員さんを一人つけてくれた。

職人ギルドは個人で手作りする人用の素材ショップにもなっている。商品は説明文を読めばわかるが、時々、説明文のない商品もある。そのため、そばにいる職員さんに聞いていたのだが、それに気付いたポンタくんが説明係を手配してくれたのだ。

「ああ。それは珍しい、『ウサギのキバ』ですよ」

「……珍しいの？」

「キバ付きのウサギ自体、数が少ないんです。そして、キバをドロップする確率はさらに少ない」

そんな説明を受けて、ちょっと首を傾《かし》げてから職員さんを見た。

私たちの会話を見ていたエリーさんは、私が口を開く前に意図に気付いたのだろう。

エリーさんは私の様子に気が付いたようで、

「このウサギのキバはどれだけ在庫がある？」

「今そこにあるだけかな？」

「これ、一つだけ？」

私が確認すると、ポンタくんが驚いたように「ゲッ。もうないのか!?」とソファーから立ち上がった。

「ありませんよ。私が冒険者に依頼しましょうと言ったのに、マスターが先延ばしにしましたから。さらに、昨日の騒動で『はじまりの迷宮』は閉ざされてしまったし」

「エアちゃん。いいの？」

エリーさんに聞かれて頷く。

「よし。二倍の値段なら売ってやる」

とエリーさんポンタくんに指を二本立てて言った。

「おい。人の足もとを見て吹っ掛けんな！」

「じゃあ、売り切れて信用なくしてもいいんだな？」

「お前なー。アントの触角も、値段吹っ掛けてきただろーが！」

「別にいいけど？　昨日の討伐《とうばつ》で、当分の間、アントは王都近辺に出ないからな。素材が不足して高騰なんてよく聞く話だ」

「そうなの？」

エリーさんの言葉に、隣にいる職員さんを見上げて聞いてみた。

「はい。ダンジョン内のアントを全滅させたので、王都……下手すれば国内では約十年。アントが近寄りませんから、素材も手に入りません」

答えてくれた男性の言葉に私は「悪いことをしてしまった」と後悔した。何に使うのかわからないが、今後十年は素材が手に入りづらくしてしまったのだ。

「エリーさん。……全滅させちゃったらダメだったの？」

「そんなはずないでしょ。ポンタ！　エアちゃんを悲しませたんだから、ウサギのキバは通常の買取価格の五倍！　アントの触角などもすべて三倍！」

「お前がポンタ言うな！　っつーか。なんでさらにぼったくってんだ！」

「だからエアちゃんを悲しませたからと言った。それ以上の理由など必要ない！」

エリーさんとポンタくんが言い合っていると、窓の向こうにシシィさんの姿が見えた。

「……シシィさん」

「え？　………うわっ！　シシィ！」

ポンタくんが私の視線を辿って窓の外へ目を向けて……大袈裟なくらいに驚いた。

シシィさんは本部に入ってくると、そのまま私を見つけて抱きしめてきた。

「エアちゃん、こんな所にいたのね」

「はい。エリーさんがポンタくんと価格交渉してるから、決まるまで店内を見学しながら待っています」

「ポンタくん？」

「はい。『まん丸お腹のポンタくん』」

「あの人を見てどう思ったの？」

「……まあるいお腹のポンタくん」

私がそう言うと、シシィさんをはじめとしたその場にいる全員の視線が、ポンタくんのお腹に集中した。丸い自分のお腹をぽんっと叩く、ポンタくんをイメージしたのだろう。職員の間からも、失笑や小さな笑い声が漏れた。

「おい！　俺がポンタ呼びを許したのは彼女だけだからな！」

「迎えが来たんだ。ほかの連中が押し寄せる前に、サッサと値段を決めるぞ。ポンタ」

「エリー！　だからポンタって言うなと、さっきも言っただろーが！」

「ポンタはポンタだろ」

二人のやり取りをシシィさんが呆れて見ている。

「ずっとあんな風に言い合ってるの」

「いつも、あんな感じで話は進みません。最後は必ず言い負けるんですけどね……ポンタが」

私の隣で職員さんが小声で教えてくれると、「誰か今、俺のことポンタって言っただろー！」と
またポンタくんが立ち上がった。

「ポンタ、うるさい。エアちゃん、おいで。金額決まったよ」

エリーさんに呼ばれて、シシィさんと一緒にソファーまで行き、エリーさんの隣に座った。シ
シィさんは私の左側へ来て、ソファーの肘掛けに座る。ソファーが二人掛けのためだ。

「エアちゃんが売ってもいいと思う素材と個数を言ってね」

そう言われて、アイテムの確認をしてエリーさんに伝える。

ウサギのツノ２／ウサギのキバ２／ウサギの皮１
イノシシのキバ14／イノシシの皮６／イノシシの毛皮１
アントの触角６２８／アントの折れた触角３８４／アントの千切れた触角１４６

「エリーさん。……『イノシシの貴石』って、何に使うものなの？」

「イ、イノシシの貴石がある、だって!?」

「ここ何百年も出てない伝説クラスの素材だぞ！」

「そんな貴重な物を、本当に持っていると言うのか？　……いや。……それは本当に本物なのか？」

ポンタくんや職員さんたちが一斉に騒ぎ出した。中には疑っている職員さんもいる。

「エアちゃん。コイツらに見せてあげて」

疑う職員さんにムッとした表情をしたシシィさんにそう言われて、収納ボックスからイノシシの貴石を取り出した。昨日見た地や闇の貴石と同じ、縦十五センチくらいの、六角柱に先端が六角錘《すい》の単結晶《シングルポイント》だ。

取り出すと同時に「「「おおお!!」」」と声があちこちから聞こえる。疑っていた職員さんの目が完全に見開いて、口もポカーンと開いていた。

ポンタくんも「間違いない。本物だ……」と呟《つぶや》いている。

全員の表情を確認して、満足気なエリーさんは交渉に入った。

「さあ。どうする？　安く見積もれば、二度と手に入らないかもしれないぞ」

「五百万！　……いや六百万」

「マスター！　それでも安すぎます！　最後の買い取り価格の記録は五百万です！」

「よし！　お前ら覚悟しろよ！　一千万出す！　これ以上は無理だ！」

「よし。売った！」

まるで闇取引かオークション会場の様子を見ているようで、熱気より殺気の方が強い。

「エリーさん。総額で一千万?」

「いや。イノシシの貴石一つの値段だよ」

「……高くない?」

「それだけ貴重なんだよ」

「エアちゃん。魔物の名前がついた貴石はね、その魔物が持つ特性かスキルが使えるの。この場合、槍を作る時に特性の『猪突猛進《ちょとつもうしん》』を使えば、どんな防具も貫く槍ができるのよ」

「唯一貫けないのは鉄壁などの防御に特化した貴石を使った防具だな。ぶつけ合うと、両方とも粉々に砕け散るらしい。逆に、どんなに防御に特化した防具や、魔法で最大限まで強化されたものでも、貴石が使われていなければ、それは簡単に破壊できる」

「何でも破壊?　……結界も?」

「そう。結界も。魔力効果のある空間も。もちろん、ダンジョンなど通常の壁もよ」

「だから頼む!　売ってくれ!!　いや、売ってください!　お願いします!　このとおり!!!」

ポンタくんは、応接セットのローテーブルに額をつけて、必死に頼んできた。

「総額で一千八百三十八万ジルだ。一括で払えるのかよ」

「払う!　何なら総額二千万ジルでもいい!」

「エリーさん……総額一千五百万ジルでいいよ?」

「エアちゃん……?」

「だって、エリーさん、通常の値段の何倍も吹っ掛けたんでしょ？　私は、自分のいらないものを買い取ってもらえるんだから……それだけで十分だよ？」

「もう……。エアちゃんは優しいんだから」

私がそう言うと、シシィさんが抱きついてきた。エリーさんも大きくため息を吐《つ》くと、「じゃあ。ポンタに一つ交渉」と言って人差し指を立てて見せた。

「な、なんだ」

私の言葉に頭を上げて縋《すが》るように見ていたポンタくんは、エリーさんの言葉に顔を強張《こわば》らせる。

「簡単なことだよ。エアちゃんに『鑑定スキル』を付けたアミュレットを作ってプレゼントしろ。そのほかの効果は好きにすればいい。ただしエアちゃんは冒険者だ。そこんところをよく考えろ。そしてエアちゃん。それを貰ったら、カバンに入れておくだけで、収納時に自動で鑑定されるわ」

「ああ。エアちゃんは鑑定スキルを持っていないものね。エアちゃん、鑑定が使えれば、素材の説明も売却時の平均金額もわかるようになるのよ」

「それを使ったら、カバンの中にいっぱい入ってる貴石も鑑定できますか？」

「大丈夫よ。アミュレットをカバンに入れただけで、それまで手に入れたアイテムが自動で鑑定されるわ」

「じゃあ。また迷子ちゃんが紛《まぎ》れ込んでいたら、すぐにわかりますね」

「…………二度とないことを願う」

ポンタくんは「迷子？　貴石に？」と不思議そうにしていた。エリーさんたちが説明しなかったから、あれは『言ってはいけないこと』なんだろう。

その後、エリーさんから、収納ボックスの中身をそのまま出さずに売却する方法を教わった。売却は『売る側』からステータスを操作するらしい。

確かに露店や屋台でも、店側から商品と金額が提示されて、承諾すると売買が成立していたな。

まずはステータスから所持アイテムを選択。すると、アイテム欄がリストで出てくる。いつもプレゼントする時のように、右上に現れた『選択』を押すと、表示されているアイテム名がグレーになった。アイテム名を触って白色にしていき、個数も『全部』を選ぶか数字を打ち込む。

全部選び終わると、上部に現れている『もどる』『すべて解除する』『確定する』から『確定する』を選択。『贈る』『売却する』の選択が中央に出てきた。

ここまでは、プレゼントをする時は『贈る』だ。でも今回はアイテムの売却なので『売却』を選択。

プレゼントでも売却でも作業は同じだった。

すると『金額を決めてください』と表示された。『15，000，000』と数字を打ち込んでから『確定』。……高額の場合、金額の打ち間違いが怖い。『カンマ』で三桁ずつ自動で分けられるのは助かるが、できれば『千・万・億』の単位で打ち込めるようにしてほしい。今回なら、『1，500万ジル』と打ち込められたら便利だ。

この世界の数式にもカンマや小数点があるのは、そういう問題が頻繁に起きたからだろうか？

私が考えごとをしてたのは、中央に『お待ちください』の表示が出ているからだ。ポンタくんが素材と金額の確認をし終えて承諾したようで、『売却が終了しました』と表示されました。

アイテムリストから素材名が消えているのを確認して、売却は無事に終了した。

「できた？」

「はい」

エリーさんに返事をして、膝に載せていたイノシシの貴石をポンタくんに「はい。どうぞ」と手渡した。取り出していたので、アイテムリストから外されていたのだ。

これがエリーさん相手だったら、「リストに入ってない！」ともうひと悶着《もんちゃく》あっただろうか？

無事に売買が成立したので、これはすでに職人ギルドのものだ。

……ポンタくんのものではないのだけど、目を輝かせて、貴石を見ているポンタくん。その様子は、欲しがっていたおもちゃをプレゼントされて、目を輝かせて見ている子どもに似ている。

「ポンタ。エアちゃんをフレンド登録してあげて。エアちゃん。今度からダンジョンで泊まることもあるでしょう？　そんな時は、ポンタに売却してもいいアイテムをメールすれば、ポンタから購入希望金額の返事が来るわ。鑑定のアミュレットがあれば、最近の売却金額がわかるから、その金額より低かったら売らなくていい。そういう時は、冒険者ギルドの方が高く買い取ることもあるから」

「はい」

「説明文に『希少品《レア》』とあったら、絶対すぐに売却しないで私たちに報告して？　イノシシの貴石みたいに、滅多に出ないレア物が発見された場合、エリーに任せたほうが確実だから」

「ダンジョンに入ったら、フィシスにその日の報告をしたほうがいいな。それから売却した方がいい。依頼が出ている物があれば私が教える。魔物の肝や薬用キノコは、城の研究院から依頼が出ることもある。城の依頼なら、通常の報酬の倍額だ」

薬用キノコなら、昨日高値で買い取ってもらえたな。

「ポンタも。必要があるなら、冒険者ギルドに依頼しろ。……エアちゃんが持ってる可能性があるぞ」

「あ！　あの……。もしかして昨日、薬用キノコや薬草の依頼をすべて受けてくれたのは」

「はい。多分私です。『はじまりの森』で採りましたので」

「ありがとうございます！　おかげで治療師の方々へお渡しできました！」

女性職員さんが深々と頭を下げてきた。

話を聞くと、嫌がらせのように大量注文をする治療師が北西地区の治療院にいる。治療院自体が『国の管轄』らしく、そこで働く治療師の中には選ばれた者だという勘違い者も少なからずいるらしい。

そんな治療師が、昨日も納期に間に合いそうもない注文をしたため、職人ギルドは慌てて依頼を出したらしい。だが、昨日は昼から魔物の騒動が起きたため、入手は難しいと思っていたそうだ。

依頼品を昨日のうちに届けたら、大変渋い顔をされたらしい。だが、ほかの治療師たちからは「迅速に対応してもらった」と礼を言われて、さらに報酬の上載せをしてもらえたとのこと。

「本当にありがとうございました！」

「こちらこそ、お役に立てて良かったです」

「もう。エアちゃんったら。もっと恩を売ってもいいくらいよ」

シシィさんが横から頭を撫でてきた。

「ポンタ。今後のこともある。エアちゃんの収納ボックスには、薬草も薬用キノコも入っている。それだけでも登録するのに十分な理由にならないか？」

「ああ。……なんか利用するようなことになるが……頼めるだろうか？」

「はい。こちらこそお願いします」

すぐにポンタくんから申請が届いたので『承認』をしたけれど……

フレンドリストには『ポンタ（ポルタ）』と表示されていた。

すでに、エリーさんのポンタ呼びにも、噛みつかなくなっている。受け入れたのだろうか？

ポンタくんが、アミュレットができるまでの代用品として、鑑定スキルのついた中古のアミュレットを貸してくれた。完成したらプレゼントで送ってくれるので、そうしたら返却すればいいらしい。

❊❊❊

今、私はエリーさんとシシィさんと一緒に、商人ギルドまで四人乗りの辻馬車に乗って馬車通りを移動している。名前の通り馬車だけが通れる専用道路だ。

四人乗りと言ったが、身体の大きいミリィさんとポンタくんが並んでもゆったり座れる広さがある。そのため、進行方向に向かって三人で並んで座っている。ちなみに私は真ん中。周りの風景は、左側の城壁と右側にある建物の壁とたまに見かける馬車だけで、それ以外には何も見るものがない。店の窓以外は外からの『不可視効果』がついているため、覗《のぞ》くこともできない。

城壁に沿うようにぐるりと一周、馬車専用道路が設けられて、職人ギルドの前の広場や王侯貴族の邸宅が集中する『中央部』、そして冒険者ギルドと商人ギルドに向かう『大通り』が作られているらしい。もちろん、普通の道でも馬車は通れるが、『歩行者優先』だ。

まるで『タクシーのようだ』と思った。

冒険者ギルドの前でも止まるらしいが、城門広場でも馬車が待機しているので、今度から職人ギルドへ行くことがあれば乗って行くことにしよう。

「そういえば、シシィさんはどうして私を探していたの？」

シシィさんが商人ギルドに行ったら、レシピが届いていると手渡されたそうだ。エリーさんの分のレシピも預かったから冒険者ギルドへ行ったら、エリーさんは「黒髪の女性と職人ギルドへ向かった」と聞いて、私が一緒だと気付いたらしい。

「あのね。送ったレシピの料理を実際に食べてもらおうと思って。でも、商人ギルドに行く前に、昨日手に入れた素材を売却しようと思って冒険者ギルドに寄ったの」

「そこで私と出会ったんだ。職人ギルドの買い取り依頼があったから、私が付き添った。エアちゃんは初めてだったからね」

「ポン吉も、エアちゃんには借りができたね。今度からは通常より高値で買い取ってもらえるわよ」

シシィさんがポンタくんに、ポン吉と新しいニックネームをつけていた。

「エリーさん。……せっかく交渉してくれたのに、台無しにしてしまってゴメンナサイ」

私が謝罪すると、エリーさんは「大丈夫。十分プラスになってるよ」と言って、抱きしめてくれた。シシィさんも「あれだったら、イノシシの貴石を除くとだいたい三百万ジルくらいかしら？」と言っている。

二百万ジルの儲けか。確かにプラスだね。

「それにポンタ……というか職人ギルド全体に貸しができたんだ。こいつは大きい。これが、今日一番の収穫だよ」

私も『鑑定スキル付きのアミュレット』を貰えることになったから、大きな収穫だ。『損して得取れ』だろうか？　でも私的には損をしていない。だって不用品をリサイクルショップに売ったら高く売れたようなものだから。

「そういえば……ポンタくんはシェリアさんたちの名前を聞いて怯えていましたけど。どうしてでしょう？」

「え？　そんなことあったの？」

シシィさんに頷くと、「まだ忘れられないのね」と楽しそうに笑う。

「前に一度だけ。シェリアがアイテムの売却に行ったんだけど……相場よりはるかに安い金額で売っちまったんだ。それを知ったフィシスたちが再交渉しに行ってな」

「当時はまだ守備隊に入っていなかったからね」

「それがキッカケで、四人は守備隊の隊長になったんだ」

「当時の隊長ったらヒドイのよ。『守備隊に入れば暴れ放題』なんて言うんだもの」

「守備隊に入れば、かつ正当な理由があれば、どんなに暴れても罪に問われない、と言われて喜んで入った四人組はどこのどいつだよ」

「さあ～？　何のことかしら？　ねえー、エアちゃん」

シシィさんは笑顔で誤魔化して、私に抱きついてきた。


商人ギルドに着いて中へ入ると、待ち構えていたミリィさんにガッシリ抱きしめられた。

「よかった～。エアちゃん無事だったー。連れて行かれたの、エアちゃんじゃなかった～～」

「ミリィさん？　どうしたんですか？」

「ミリィ。ここではなんだから、シェリアの部屋で話をしましょ。エアちゃんも良いかしら」

「はい。……ミリィさん。離れてくれないと歩けませんよ？」

「ほら、ミリィ。エアちゃんに嫌われるわよ」

アンジーさんに注意されて、ミリィさんが慌てて離れる。その様子にクスクス笑ってると、「ごめんなさいね。詳しい説明は中でするわ」とフィシスさんに謝られた。

……何か大変なことが起きたようだ。

先にシェリアさんから「今日、レシピ登録してくれてありがとうね。……でも、ほとんどジャガイモ料理ね」と微笑まれた。

「ええ。宿には、注文ミスで大量のジャガイモがありましたから。それで、こちらがレシピで作った料理です。皆さんに、どんな料理かを知ってもらいたかったので、持ってきました」

ローテーブルに並べた料理に、全員がレシピを広げて確認をする。

「まって。先に手拭きの準備をするから」

シェリアさんが続き部屋へ行き、すぐに人数分の手拭きタオルを濡らして持ってきてくれた。すでに皆さんは、レシピを見ながら料理をつまんでいる。

「さあ、いただきましょ。ってみんな、もう食べてたの？」

「ええ。美味《おい》しいわよ」

シェリアさんは、濡らしてきたハンドタオルのようなものを全員の前に一枚ずつ置いてくれた。

「でも、どうして急に？」

「……昨日の騒動で、屋台も露店も開かれず、仕入れも止まったそうです。それで、現在滞在している宿の厨房には注文ミスで残った大量のジャガイモ。だったら、それを使った料理で、数日間は凌《しの》げればいいかな～って。あ！　帰りにお店のレシピ貰えますか？　明日から作れるように渡したいので」

「誰かに届けるように伝えるわ。ついでに、エアちゃんがここにいることも伝えましょう。きっと心配しているわ」

「はい。お願いします。……でも、何故心配を？」

私がそう聞くと、フィシスさんとシェリアさん、アンジーさん、ミリィさんが、困った表情で顔を見合わせる。

「あのね、エアちゃん。昼過ぎから、全員じゃないけど、黒髪の女性が城へ連れて行かれているの。誰かを探しているみたいだけど……。事情を知っているのは城の連中だけ。同行している中央守備隊も、詳しいことはわかっていないみたい」

「近衛兵が一緒らしいけど、連中は該当者を見つけると城へ連れて行ってるみたいなのよ」

「そういえば、宿にも来てましたね。低レベルで黒髪の女性を探しているそうですよ？　私のレベルが１００を超えていると知ったら、『人違いだ』と言って宿から出ていきました」

「エアちゃん。本当に無事で良かった～」

ミリィさんに抱きしめられたが……。集められた人たちは大丈夫なのだろうか？

大体、城には聖女が一人残っている。追い出した元聖女に、今さらなんの用があるというのか。

「エアちゃん。何か気になっていることがあるのね？」

「城の人たちは、何のために女性たちを集めているのでしょう？　それに……このままでは民衆の不安や不満が爆発して、暴動が起きてもおかしくない。私はそう聞いています」

「そうね。その探している相手が、すでに王都を出ている可能性もあるわ」

「ユーシスくんたちの話では、昨日、門前の広場で黒髪の女性に名前とレベルを聞いて回っている人たちがいたそうです」

「……王都にいるかどうかもわからない相手を、こんな形で探し続ければ民衆の怒りを買うのは当たり前だ」

「探すなら勝手に探せばいいです。問題は、屋台や露店を閉ざしていることと、何度も同じ人を捕まえて、同じ質問を繰り返しているにもかかわらず、その理由を一切説明していないことにあると思います」

私の言葉に全員が頷いた。

「そうだな。せめて、すでに確認したとわかるものを身に着けさせれば、女性はしつこく聞かれることもないし、連中も手間が省けるというものを……」

「そうね。南部地域だけでもそういうものを女性に渡せるといいわね。……どんなものがいいかしら」

「簡単に、きれいな色の紐を編んだものを手首に着けてもらう、っていうのはどうですか？　そうしたら、女性も喜ぶと思いますが……」

「それに、なんらかの魔法を掛けてもらえば、ひと目で確認済みってわかるわね」

「防水は掛けてほしいですね。濡れる度に乾かすのって大変ですし。ずっと身に着けるなら、汚れがつかないようにもしてほしいです」

「そうね。エアちゃんは当事者だもの。同じ質問を繰り返し聞かれるのは嫌よね」

「はい。本当にいい加減にしてほしいです」

このことは、王都の外にいる人たちにまで、迷惑を掛けているのかもしれない。

あのバカ王子のことだ。「存在自体迷惑だ。国内で生きてると思うと腹が立つ。早く強制的に国から追い出せ」とでも言ったのではないか……

「エアちゃん？　どうしたの？」

俯いていた私が顔を上げると、全員が心配するように見ていた。

「もし、このまま見つからなかったら、今度は国内にいる黒髪の女性は、全員国外追放となるんじゃないかなって……」

私の言葉に、ミリィさんが「その時は私も一緒にこの国を出て行くから！」と抱きしめてくれた。

「それはないんじゃないかしら？　『失礼を働いたから詫びたい』と言って探していたのよ？」

「でも、それは口からのでまかせで、おびき出すつもりなのかもしれないわね」

「そういえば、少し前にも王都一斉捜索を掛けたんじゃないのか？」

「ええ。したのよ。私たち四人は揃って休みだったし、隊も待機だったから詳しくは知らないけど……」

「一軒一軒探したそうよ。でも、見つからなかったって聞いたわ。だからすでに王都を出ているって結論になったのよ」

「それなのに、まだ探してるわね。それも民衆の反感を買うほどに」

全員の気持ちが深く落ち込み、部屋の空気が重くなった。ミリィさんは、ずっと私を抱きしめたままだ。

「あ！　話は変わりますが……私、明日からダンジョンに潜りに行ってきます」

「エアちゃん？　こんな時に何しに行くの？」

「お肉や食材集めです。どこの初心者用ダンジョンがオススメですか？」

「ちょっと！　ダメよ！　魔物たちが……」

「止めなさい、シェリア。エアちゃんは冒険者なのよ」

「でも……」

「大丈夫だ。昨日の一番の功労者は誰だ？　それにエアちゃんは魔法に長《た》けている。だいたい、エアちゃんは初心者用ダンジョンと言っているんだ。だったらエアちゃんが望むように、食肉が手に入る安全なダンジョンを教えればいい」

「エリーが一緒についていくことはできないの？」

「シェリアさん、それはダメですよ。エリーさんには、何か起きた時のために町にいてもらわないと。もしものことが起きて、それがエリーさんが残っていれば、被害が小さかったなんてなったら……私は自分を許せません」

「ん……。そうだね。エアちゃんは守りたい相手だけど、守られるだけの存在じゃないもんね」

一番私を可愛がってくれるミリィさんの言葉に、シェリアさんは驚いていた。私も、ミリィさんから止められると思っていただけに、彼女のセリフには驚いた。

「エアちゃん。約束だけは守ってね」

シシィさんの言う約束は、フィシスさんにメールで報告するという話のことだ。

「はい。ちゃんとフィシスさんにメールしますし、危険なことはしません」

「私にメール？」

「はい。ダンジョンに入ったら、一日一回、フィシスさんにドロップアイテムなどの報告をするように、エリーさんから言われています」

「昨日のこともある。逆に、いるはずの魔物やいないはずの魔物の情報もわかる。フィールドで遭遇した魔物にも変化があるかも知れん」

「昨日のツノありキバありウサギや、ツノありイノシシのこと？」

「え？　……ちょっとまって！　エアちゃん。ツノありイノシシって何のこと？」

あれ？　そういえば、ダンジョンでフィシスさんに報告した時、エリーさんはその場にいなかった。その後はただイノシシとしか言っていない。フィシスさんもイノシシの出現は話したようだがツノありのことは忘れていたみたいだ。

「ああ。ごめん。エリーには話していなかったわね。実は『はじまりの森』の入り口で、イノシシの集団に遭遇したらしいの。その一頭がツノありだったらしいわ」

「エアちゃん！　そのツノありってどんなヤツだった!?」

「えっと……。ほかのイノシシよりはふたまわりほど体が大きくて、イノシシたちのボスって感じでした」

「ツノは？」

「おでこに一本……これです」

売らなかったイノシシのツノを、エリーさんに手渡す。

「エアちゃん……。これ、何故ポンタに売らなかったの？」

エリーさんがキツイ表情になっています。

フィシスさんたちが「ポンタ？」と聞いたが、シシィさんが「ポルタのこと。エアちゃん命名よ」と教えると納得したように頷いた。

「ツノって、薬になるんですよね？　依頼書を確認していなかったから、依頼がなければ売却しようって……エリーさん？」

私の答えに脱力しているエリーさん。……私、また問題を引き起こしたのだろうか？

そんな私の視線に気付いたのだろう。エリーさんが顔をあげて苦笑する。

「エアちゃんが、心配することじゃないから」

そう言うと、キッと強めの目つきになり、

「フィシス！　ツノありイノシシのこと、なんで言ってくれなかったの！」

と、怒りの矛先《ほこさき》をフィシスさんに向けた。

「だからゴメンって」

「ゴメンで済めば苦労しない！　このツノでふたまわり大きいなんて、どう考えても『ジェネラル』か『ロード』でしょ！」

「だって、エアちゃんはイノシシの中にツノありが一頭いたって言っただけだったし。それにアントの話に入っちゃって……」

「じゃあ、誰が悪いの？」

「……私」

「そうよね。何も知らないエアちゃんと、ツノありの危険性を知っているフィシス。どう考えても、フィシスのせいよね？」

「はい。……ゴメンナサイ」

反省した様子のフィシスさんが、エリーさんに深く頭を下げて謝罪する。……そんなに重要なことだったのか？

「怖い魔物って全部ツノありなの？」

「魔物によって違うわね。ウサギはツノありが通常。それにキバがついてると強いわね」

「イノシシさんの前にいました」

「エアちゃん。強かったでしょ？」

「風魔法で一瞬でした」

シェリアさんに聞かれたから素直に答えたら、エリーさんとシシィさん以外から驚かれました。

「エアちゃん……それって普通のウサギではなくてキバつきなのよね？」

「アンジー。キバなら二本、さっきポンタに売ってきた」

「エアちゃんはイノシシの貴石も持っていたわよ」

「………え？　……えええー！！！」

シシィさんの言葉に、フィシスさんが大騒ぎしている。

あの貴石って、それほど大変なものだったのか。

「見るなら早いほうがいい。因縁をつけられて貴族に奪われるか、それを防ぐために鍛冶職人が加工するだろうからな」

「……私たちの妹って、もしかして規格外に強いのかしら？」

「エアちゃんは、相手の弱点を見抜いて、それにあわせた魔法と武器を使い分けている。武器だけに頼っているフィシスたちよりは強いだろ？」

「だいたい、アントが『すいじん』や『ふうじん』に弱いなんて、誰も気付かなかったじゃない」

「誰も思いつかなかっただけだろ？　実際、ダンジョンの外で戦っていた連中に教えたら、私たちが出る時には二百体のアントを壊滅させてたぞ」

「あっ。結界石、入り口に置いてきちゃった」

「悪いけど、そのままにしておいて。調査隊が入ったら、私が回収するから」

「そうね。先に結界石を外しちゃうより、中を浄化させてからの方が、魔物たちも増えやすいわ」

「アントの気配が残っていれば、ウサギやネズミたちは二度と戻らなくなるからな」

「……でも、アントを全滅させたから、国からいなくなって、素材も取れなくなっちゃったんですよね？」

「えー！　誰よ！　そんなことエアちゃんに言ったのはー！」

「職人ギルドの職員。……エアちゃん。全滅させたのは討伐《とうばつ》隊でエアちゃんじゃない。エアちゃんは途中から倒していなかったでしょ？」

「でも新女王や……」

「そこまででしょ？　そのあと、完全に潰したのは討伐隊《とうばつ》よ」

俯いている私を、ミリィさんがギュッと抱きしめてくる。そして「エアちゃんは優しいから、自分を責めちゃうのね」と慰めてくれた。

きっと、後から私がこのことを知ったら落ち込むだろうから、エリーさんはあの広場から私を出したのだろう。あのあと、ダンジョン内には残ったアントもおらず、外のアントも片付いていた。さらに王都までの道でも、私は何もしていない。……魔物が一体も出なかったからだ。あれだけ騒ぎになっていれば、魔物も身を隠すだろう。

「エアちゃん。よく考えて。王都に近いダンジョンに棲《す》みついたアントが、王都を襲わないはずがないのよ。……過去にも魔物を甘く見て滅んだ国や町はいくらでもあるわ」

「エアちゃんはきっと『追い出せたら』と思うけど、人の味を覚えてしまった魔物にはそれも無理なのよ。あのアントたちをここから追い出せても、別の町や村を襲うわ」

「エアちゃんは、誰も気付かなかった被害をいち早く知らせて、討伐隊《とうばつ》が到着するまで一人で戦って私たちを守ってくれたのよ。ありがとう」

シシィさんは私を抱きしめて頭を撫でてくれた。

「そうね。私たちだけじゃなく、ほかの町や村も守ったのよ。それに安心して。アントの巣は沢山あるわ。その一つが王都のそばにできて排除された。……それだけよ。アントは絶滅した訳ではないわ。この国から逃げ出しただけよ」

アンジーさんの言葉に私が頷くと、全員の表情が安心したように緩んだ。

第六章

「いい？　危ないと思ったら、結界を張ってエリーに連絡するのよ。エリーとキッカたちが駆けつけるから」

「はい」

「危なくなくても、ちゃんと連絡するのよ。一日一回じゃなくてもいいんだからね？」

「はい」

「あのー。フィシス隊長。これ以上引き止めていると、今度はエアさんの帰りが遅くなりますよ」

見送りに来てくれたフィシスさんが、キッカさんに止められています。ちなみに私はフィシスさんの腕の中だ。

キッカさんに言われて、渋々という感じでフィシスさんが放してくれる。

「じゃあ。気を付けてね」

「フィシス隊長……。ですから、エアさんは近場のダンジョンに行くだけです！　何、今生の別れみたいに言ってるんですか。縁起でもない！」

キッカさんがフィシスさんを諭《さと》している間に、私はほかの冒険者たちに促されて身分証のチェックを受ける。

「あの女隊長に、あれほど好かれているのも珍しい」

門番さんからはそう笑われた。

たしかに、ミリィさんはともかく、シシィさんやアンジーさん、エリーさんには何度も抱きしめられているが、フィシスさんからは今が初めてだ。

「私は見てて危なっかしいのでしょうね」

私がそう言って笑い返すと、

「たぶん、そばに置いて守りたいんだろうなー」

と、しみじみ言われてしまった。

アント騒動があったため、冒険者以外の出入りはほぼ禁止の上、冒険者でも初心者レベルの人たちは怯えて壁外に出ようとしない。門の周辺は人も疎《まば》らで、門を通る冒険者は皆無。

王都に来た人たちには、事情を話して近場の町や村へ戻ってもらっているらしい。そのこともあり、昨日のうちに王都封鎖が各地に伝わったみたいで、今日の門番さんたちはヒマなようだ。フィシスさんたちのやりとりを、笑顔で見守っている門番さんもいる。

「フィシスさーん、行ってきまーす！」

「エアちゃん！　必ず連絡するのよ！　何かあったら結界を張って連絡するのよ！　気を付けて帰ってくるのよ！」

「はーい！　行ってきまーす！」

ぶんぶんと大きく腕を振る過保護ママ状態のフィシスさんと、笑いながら見送ってくれるキッカさんたちに手を上げてから門の外へと出た。

自動で開いた透明な地図に、昨日教えてもらった安全なダンジョンの一つをタッチする。すべてマッピング済みだが、今回は食材目当てなので、はじまりの森経由で目的のダンジョンへと向かう。平らな道を進んでいくと、森に近付くにつれて草原へと移り変わってきた。それと同時に、あちこちから薬草の表示が表れる。それらを摘んでいると、ポンタくんからメールが届いた。

地図を開いていると、地図の下枠線が緑色になった。それが『メール受信』の合図だ。なにもしていない時は、受信してるかわからない。着信音はないので、時々確認する必要がある。

思い返せば、一昨日も緑色になっていた。今思うと、フィシスさんからのメールを知らせてくれていたんだな。

『おはようございます。昨日の今日で大変申し訳ありませんが、薬草五十束と薬用キノコ三十本をお持ちではないでしょうか？　あと、大変失礼ですが、虫草《むしくさ》をお持ちでしょうか？』

虫草《むしくさ》は、日本の冬虫夏草に似ている。冬虫夏草は菌糸が寄生したキノコだが、虫草《むしくさ》は虫の背から薬草が生える。この世界にも昆虫はいて、カミツレに似た花から虫よけが作られているし、虫よけの魔法も存在する。

フィシスさんたちの話だと、虫草《むしくさ》は昆虫が薬草の近くで活動してる際に、薬草の種子や花粉が背につき、虫の生命力を吸い取って発芽するらしい。

そのせいだろうか？

虫草《むしくさ》のそばには、昆虫の薄羽などが落ちていることがあるそうだ。

『ポンタくん、おはようございます。薬草と薬用キノコはあります。虫草《むしくさ》も持っていますが、いくつ必要ですか？』

返信して、せっせと薬草の採取をすすめる。中には、ポンタくんの欲しい虫草《むしくさ》もある。水魔法で土を濡らして抜きやすくして、採取したら水魔法で地面を乾燥させていく。虫草《むしくさ》は表示がないとわかりにくい。普通の薬草と勘違いしてしまう。発芽方法以外は、ほかの薬草と変わらないからだ。抜いた時に、根に昆虫の死骸がついているのを見て、はじめて虫草《むしくさ》だとわかるそうだ。

『エアちゃん、おはよう。ポンタから聞いたけど、薬草と薬用キノコの依頼が来たって？』

『はい。薬草五十束と薬用キノコ三十本です。すべてあるので大丈夫です。虫草《むしくさ》の依頼もあったのですが、何本必要か尋ねてもポンタくんからの返事はありません』

『それがね。最低でも五十本だそうよ』

『五十本ならありますよ。でも、最低でもと言うことは、それ以上必要ですよね？』

『ちょっと待ってて。ポンタに確認してから、もう一度メールするわ』

『金額交渉もお願いします』

『わかったわ。まかせて』

エリーさんとのメールのやりとりから、すでに三十分。ポンタくんかエリーさんからのメールを待ちつつ、大量の薬草と毒草、そして虫草《むしくさ》を採取しました。

昨日、誰も来なかったのかな？　薬草などを大量に採取することができた。……はい。薬草などに向けて手を伸ばし『収納』と唱えただけ。地面を濡らすことで、薬草自体も根も傷めずに収納できた。手で摘むと、どんなに注意をしていても草が傷んでしまうのだ。

一昨日とは違う道から『はじまりの森』に入ると、目についたキノコやコケ類を収納して回った。ここは水気を含んでいる土が多いため、水魔法で地面を濡らす必要がなく、驚くスピードで収穫の総量が増えていく。

フ・フ・フ……

今日のお弁当のお礼に、ユーシスくんの好物だという食用キノコを大量に持ち帰るつもりなのだ。前回も採ってはいたのだけれど、家族四人分には足りなかったから、昨日キノコ好きだとわかった時点では渡せなかったのだ。

開いたままの地図に、魔物出現を表す赤いドットが一ヶ所に固まって表示された。

どうやら、ネズミさん御一行のようだ。昨日調べた図鑑には、特徴のある前歯を持った、二本足で立つ姿のイラストが掲載されていた。見た目はハツカネズミに近い。ほかにも大きなシッポ攻撃が得意なリスや、毒の針を持つヤマアラシなどもいるようだ。現在表示されているのはハツカネズミタイプだった。

攻撃は鋭いツメと少し長めの二本の前歯。移動は四足歩行のため、すばしっこくて移動速度も速いらしい。そのため、見た目だけで油断する初心者のために、『はじまりの迷宮』に集められているそうだ。

火魔法は、素材もすべて燃やしてしまうため使えない。ネズミの肉や肝、シッポなどは、魔術師や治療師に使われるからだ。それにネズミの貴石がたまに出るそうだ。靴のつま先やかかとに付けられる補強金属に『素早さ』を付けることで、移動速度が二倍になる効果がある。

今度、付与をする様子を工房で見せてもらえないかな？

土魔法で落とし穴を作っても、穴を掘って逃げられる。土壁を作っても、穴を開けるか壁を登るかして逃げられる。

……可哀想ですが、残酷な方法を取らせてもらった。

魔物の表示がすべて消えると、私は穴の中に向けて手を合わせた。魔法で作った穴はただの穴ではなく、水を張った貯水池だ。ネズミの死骸を収納してから、貯水池も元通りにする。

ネズミの肉15／ネズミの皮15／ネズミの肝8／ネズミのシッポ15

ネズミの貴石8／地の魔石40／地の貴石8／地の輝石3／ガーネット30

アンジーさんの言う通り、ドロップアイテムが多い。肉とシッポ、皮は個体数分。魔石や貴石も多く、輝石の出現率も高い。宝石は確実。

気になってステータスを確認すると、以前見た時に幸運レベル6だったのが、レベルアップの効果だろうか？　最高のレベル10まで上がっている。

称号には、グレー表示だが『幸運に恵まれし者』が追加されていた。

称号の詳細を確認すると、文字通り『幸運に恵まれている』ようだ。

冒険者には嬉しい追加特典がついている。ドロップアイテムの回収率が倍。罠の回避率も隠し部屋発見率も百パーセント。これは冒険者としてありがたい。

でも回収率欄にある倍の前にある空白は何だろう？　読点代わりの空白だろうか？　そして、白色に反転させなくても効果はあるらしい。

……変な相手に絡まれたくないので、このままグレー表示のままにしておこう。


『エアちゃん。虫草《むしくさ》は百本ある？』

『はい。あります』

『もしかして、それ以上あるの？』

『はい。あります』

『ごめんね。もう一度ポンタと話し合う必要があるから。また連絡するわ』

『はい。わかりました』

虫草《むしくさ》の数の相談だろうか？　昨日の今日だ。あのイジワル治療師が、また難題を吹っかけてきたのだろうか？

キノコなどを収納しながら、時々現れる魔物たちを魔法や武器を使って倒していくと、森が途切れて崖の下に出た。ここが『大地の迷宮』と呼ばれる初心者用ダンジョンのようだ。この近くには池があり、『水の迷宮』も存在している。今回はこの二つを攻略する予定だ。

入り口は『はじまりの迷宮』同様、レンガで強化されていた。中へ入ると、地図がダンジョン用に切り替わった。ここの地図は、エクセルで作ったようなカクカクの地図になっている。やはり、『はじまりの迷宮』の地図はアリの巣に作り変えられていたため、巣穴に似た地図になっていたのだろう。

ここも初心者向けに指定されているため、灯りがついている。

進んでいくと、ネズミやウサギが出てきたが、『風刃《ふうじん》』や『水刃《すいじん》』で対処が可能だった。これが本来の初心者用ダンジョンのようだ。

途中からそれに気付いて、両手に第二関節から先がないナックル付きのグローブをはめ、剣を腰に盾を左腕に装備した。

ゴツいわりにグローブには重さはなく、冬に使う手袋をはめているような軽さだ。グー、パーと手を閉じたり開いたりしても、指を一本ずつ動かしても、まったく不具合は出ない。このまま剣を握って、魔物を倒すこともできた。

ナックル部分には、昨日教えてもらった魔物の貴石の効果が関係しているのだろうか？

……でも、詳細を見ても出ておらず、わからなかった。

一つ目の結界の張られた広場に入って小休憩。広場にある宝箱には、回復薬が三本入っていた。

メールを確認したが、最後のメールからすでに一時間過ぎているけど、まだ二人からの連絡はない。

待っていても時間がもったいないだけなので、広場を出て先へ進むことにした。

武器に慣れてきたので、剣に雷や水、風魔法を纏《まと》わせると、通常の剣より攻撃力が高いこともわかった。グローブにも魔法を纏《まと》わせることができる。雷魔法を纏《まと》わせたら、私自身もビリビリと感電するかと心配したけど、それはなかった。

一階では、出てくる魔物の強さは最高でもレベル8。平均でレベル5。

剣術や拳術、時々足蹴りとパチンコで投擲《とうてき》の練習もした。パチンコの玉は、土魔法で作り出した石だ。

二階に続く階段を進むと、魔物たちの鳴き声や暴れて騒いでいる音が聞こえた。地図でも、結界の張られた広場の前に魔物を示すドットが集まっている。

これは、ちょっと問題が起きているようだ。地図には初心者用では出ない魔物の名前が表示されている。

近付くと魔物の一部が気付いて、私を襲ってきた。仕方がない。剣を出して雷属性を纏《まと》わせ、先頭を斬り伏せた。死体はすぐに収納する。血が流れすぎると床を汚して足をとられてしまうからだ。戦闘中でなければ状態回復するのだが……

魔物たちは、一体目が倒されると怯《ひる》んだのか、威嚇《いかく》をするだけで襲ってこない。

「誰かいますか！」

声を上げると「います！」「コイツら強い！」「逃げろ！」という声が聞こえてきた。やはりコイツらの狙いは冒険者だったか。

「魔法を使います。安全のため、広場の奥へ離れてください。通路には誰もいませんか？」

何も反応がない。誰もいないのか、すでに襲われたのか……

まずは、目の前の問題を片付ける必要がある。この階の奥、三階に続く階段の前に土魔法で土の壁を作り、下の階へ魔物が逃げ込むのを封じた。

『エアースラッシャー』！

目の前の通路を、奥に向かって『風の刃《やいば》』が飛んでいく。大半の魔物を倒すと、生き残った魔物が三倍はありそうな大きな魔物の後ろに隠れた。コイツらのボスが、呼んでもないのに登場したようだ。目の前に広がった死骸を収納すると、ボスは仲間を消された怒りか、ただ不甲斐ない部下への怒りからなのか、天井に顔を向けて威嚇《いかく》するように大きな声で鳴くと、巨体とは思えないスピードで近寄ってきた。

『ウォータースラッシャー』！

あっさり水魔法で首を斬り落とすと、そのまま収納した。生き残った手下たちは、我先にと奥に向かって逃げ出す。しかし、その先には土の壁を作ったので進めない。床に状態回復を掛けて、広場の先の通路にも土の壁を作り、魔物を閉じ込めてから広場に入った。

広場の奥には、五人の少年少女たちが固まっていた。

「全員無事？　ケガは？」

「いえ。ありません。助けていただき、ありがとうございます」

年長者らしい少年が立ち上がりお礼を言うと、ほかの子たちも立ち上がって、「ありがとうございましたー」とお礼を言ってきた。

話を聞くと、このダンジョンに入って五日目になるそうだ。

冒険者だというこの子たちだが、気になったのは彼らの装備。短剣などの軽装備だけで、ダンジョンに入ったというのか。

最年少の少年でも、マーレンくんと同じ年齢か少し上くらいに見える。現状を把握できていないのか。遊び半分で勝手に私の剣に触れようとしたため、危ないから叱ったのだが……

「触らせてくれてもイイじゃんか！　そうだ！　短剣しか持ってないから、オレにその剣をくれよ！　イイよな！　だったら、そいつはもうオレの剣だ！　早く寄越せ！　それはもうオレのモンだ！」

オツムの回線が切れまくって思考回路が停止しているのか。一方通行の発言をされて、武器を奪われそうになった。そのため、剣と盾を収納ボックスにしまったら、さらに逆ギレされてしまった。今は、年長の少年少女たちに叱られたせいか、離れた床に座りこんで不貞腐《ふてくさ》れている。仮にも生命の恩人である私から、武器を強奪しようなんて何を考えているのだろう。

『助けなければ良かった』

それが今の、素直な私の感想だ。

……この身勝手さ。何より自分は何をしても許されるという考えは、腐ったレモネードこと第二王子の存在を想起させ、さらに私を不快にさせた。

「でもなぜこんなことに？　魔物たちが、五日間も狙い続けることはないはずよ」

そう聞いたら、床に座り込んでいる少年が元凶だった。

元々薬草の採取のために王都を出た五人だったが、彼が卵を見つけて持ってきてしまった。それを魔物たちに気付かれて追いかけられた。そして、そばにあったこのダンジョンに逃げ込んだ。それでも魔物が追いかけてきたため慌てて奥へ逃げた。

一階の広場に入らなかったのは、結界が張られて安全だと知らなかったから。二階まで追いかけられて、広場に逃げ込んだら魔物が入ってこなかった。

それで安心したけど、魔物は一向に諦めない。お腹は空《す》いたが、すぐに戻るつもりだったから、食べられる物はオヤツ以外に何も持ち歩いていない。

「だから持ってる食い物全部寄越せ！」

元凶の少年にそう訴えられたが、今の彼らに食べさせるものはない。この五日間、飲食していないために弱っているだろう胃や腸に、私の持つ食べ物を分け与えることはできない。

そう断ったら、例の少年から「なんだよ！　このドケチ！」と怒鳴られた。もう、この少年に同情する気持ちは皆無だった。すでに自業自得としか思えない。

「ところで、この原因になった卵は？」

そう聞いたら、このダンジョンに入ってすぐ、ネズミの魔物にアッサリ奪われたらしい。その時のことを思い出したのか、少年はブツブツとネズミへの恨み節を、呪詛《じゅそ》のように繰り返し呟《つぶや》いている。

しかし、大きな卵を抱えていたのは少年自身で、ほかの仲間たちが代わろうとしても「自分がとったものを横取りする気か！」と嫌がったそうだ。この場合のとったは、「取った」ではなく「盗った」だろう。

本当に第二王子の縮小版だ。私を不快にさせるのがお上手だ。

「冒険者ギルドに連絡して、迎えに来てもらう」

そう言ったら「嫌だ！」と言ったあと、私にしがみついて「なあ。アンタ、強いんだろ。オレも連れてってよ！」と訴えてきた。

マーレンくんと違い、不快感しかない。思わず軽く突き飛ばすと、断られると思っていなかったのだろう。驚いた表情になった。

「足手纏《まと》いはいらない」

「オレは足手纏《まと》いじゃない！」

「冒険者の肩書を背負いながら、戦えない時点で足手纏《まと》いなんだよ」

「オレだって武器があれば戦える！」

「じゃあ、今の状況を引き起こした原因はどこの誰？」

「そんなの、オレのせいじゃない！」

「君のせいだよ。それなのに、そのことを反省しないで、他人の装備を奪おうとするわ、食べ物を寄越せと騒ぐわ。……君がしてることは強盗だよ」

「違う！」

「違わない。その上、帰るのが嫌だから連れて行け？　ハッキリ言うわ。君の存在は迷惑でしかないのよ」

私の言葉を聞いた直後に、この少年は突如現れたツタに体を拘束された。

「ねえ。冒険者ギルドで登録する時に言われなかった？　他人に迷惑かけるな、って」

「オレは迷惑かけていない！」

「かけているんだよ。現時点で私にね。だから今、君はツタに拘束されている。犯罪者レベルの迷惑を掛けているんだよ」

生意気な少年は、やっと黙った。年長者の少年たちも、ずっとこの少年に手を焼いていたのだろう。安堵《あんど》の表情を見せたり大きく息を吐いたりしている。

「じゃあ、ちょっと連絡するから結界を張るよ」

「はい。お願いします」

自分の周囲に結界を張り、シートを敷いてクッションを出して座る。すぐにメールを確認すると、エリーさんからのメールだった。

『エアちゃん。虫草《むしくさ》、二百本あればお願いしたいそうだけど大丈夫？』

『大丈夫です。それより、ダンジョンで問題が起きています。通話をお願いします』

メールを送るとすぐに通話が掛かってきました。

「エアちゃん!?　何が起きたの？　大丈夫？」

「私は大丈夫なんですが……」

エリーさんに少年たちの話をすると、すぐにキッカさんたちを少年たちの迎えに寄こしてくれると言ってくれた。そして、少年の一人が繰り返し迷惑を掛けてくるため、仕方なく拘束したことを話すと「わかったわ。ちゃんと冒険者教育するから安心して」と約束してくれた。

所有者の許可に関係なく、武器に触れる行為は禁止されている。剣を奪われて殺されるからだ。そのため、たとえ子どもでも罰せられる。

勝手な言い分を主張して奪おうとしたのだから、未遂とはいえ立派な犯罪だ。

少年を拘束しているツタは私の魔法だ。話が済めば、そのまま広場を出るつもりでいる。

ここに残って、彼らの前で飲食するのは、生意気な少年相手にはイイが、ほかの子たちが気の毒だ。そして、私を追いかけて来られるのも付き纏《まと》われるのも騒がれるのも迷惑だ。

「それにしても……。コカトリスの卵を盗んで王都に帰っていたら、王都がコカトリスたちに襲われていたわ。そうなったら、その子たちも家族も処刑されるわ。王都に魔物を呼び寄せた罪と王都を危機に陥れたという重罪で」

「元凶の少年は、そのことを全然反省していません。この先も連れて行けと言ったり、私が彼を守るのが当たり前と思い込んでいて、断っても聞き入れません。その上、私の武器を自分の物と言い張って奪おうとしたり。食べ物も寄越せと騒いで……」

「エアちゃん、可哀想だけど食べさせちゃダメよ」

「はい。胃腸が弱ってるのに普通の食事は出せません」

「ええ。そのことはキッカたちにも伝えておくわ」

「はい、お願いします。それと、王都に帰り着くまでは、少年のツタはそのままにしておいた方がいいと思います。これ以上、勝手な行動をしないように拘束したのですが……。彼らは、他人に迷惑をかけるな、というルールを破ったために、拘束されていると信じ込んでいます」

「フィシスたち守備隊に引き渡して、少年たちに説教と罰を与えてもらうわ。その生意気な少年は冒険者の資格を剥奪になると思う。パーティを危険な目にあわせたんだから。知らなかった、では済まされないことなのよ」

「……反省してくれると良いですけど。自分は悪くない、とかみんなが強かったらこんなことにならなかったとか言い訳ばかり。それで私にも、もっと早く来てくれれば良かったんだ。責任を取ってオレをパーティに入れて連れて行けって言うんです」

「それで、その子は拘束されて反省してる？」

「していません。すごい形相で私を睨《にら》みつけて何か騒いでいます。……結界で、声は聞こえませんけど」

「ああ、今確認したら行方不明者リストの中に該当する五人組がいたわ……。バカ貴族の末子。こいつはキッカたちを差し向ける前に、手を打っておきましょう。エアちゃん。このまま少し待てる？　三十分も掛からないから」

「はい。それは大丈夫ですけど……。ポンタくんの依頼は？」

「ああ。虫草《むしくさ》も二百本あるって言ってたわね。じゃあ、ポンタにまとめて五万ジルで売却してもらえる？」

「はい。わかりました」

エリーさんとの通話を切って、ポンタくんに『薬草五十束。薬用キノコ三十本。虫草《むしくさ》二百本』を五万ジルで売却申請。ポンタくんは待っていたのか、すぐに承諾された。

すぐにポンタくんから、『虫草《むしくさ》二百本なんていう、無茶な頼みを聞いてくれて感謝している。この恩は必ず返す』とメールが来た。

『また何かありましたら、いつでも連絡してください。ただし、寝ている時は対応できません』と送ったら、『その時は、起きてから対応をお願いします。本当にありがとう』と、少し砕けた文章で返って来た。

ポンタくんとの取り引き後、少ししてから通話の画面が自動で開いたため、タップした。

「エアちゃん。キッカたちがそちらへ向かったわ！」

「あれ？　フィシスさん？」

エリーさんからの通話を受けると、真っ先にフィシスさんの声が聞こえた。あれ？　フィシスさんからの通話だったのだろうか？

「そこにいる連中、中でもエアちゃんに酷いことをしたのは、バカ貴族のボンクラ息子なのよ。今、その貴族の家に乗り込んで、息子の廃嫡《はいちゃく》手続きを取らせたわ。これでそこのボンクラは、一般市民として罰を受けるわ！」

「フィシスさん。……大丈夫なんですか？　そんなことしちゃって」

「もちろん！　良いに決まってるわ！　なんたってエアちゃんに襲いかかるなんて！　……もし

命乞いをしようものなら、家族全員を冒険者に登録させて、先発隊としてダンジョンに出してやるわ！　そこのボンクラは、エアちゃんに連れて行けと言うのだから、よ～～っぽど腕に自信があるんでしょ！　冒険者なんだから守ってもらおうなんて、そんな甘っチョロい考え、持ってないわよね！　持ってたとしても聞かないわ！　ううん、もうすでに冒険者失格は確定なんだから、家族でボンクラを守ればいいのよ。ボンクラも家族と一緒に冒険ができて嬉しいでしょ！　そうよね。それが一番いいわ！　それで、家族《パーティ》全員が死んでも、ボンクラをボンクラに育てたボンクラ家族が悪い！」

フィシスさん……、キレまくっています。

「あ～もう！　フィシス！　話をややこしくしないで！　ちょっと！　フィシスったら邪魔しないで！　エアちゃんに嫌われるわよ！　……ったく」

エリーさんが止めても騒いでいたフィシスさんでしたが、私に嫌われるの言葉だけで静かになった。……まるでミリィさんみたいだ。

「エアちゃん。冒険者は、たとえ子どもでも、登録した時点で一人前として扱われるわ。それ以降はすべて自分の責任なのよ。それが守れないからと言って、家族に泣きつくことは許されない。まして責任転嫁なんて許されないの」

「エリーさん。ギルドマスターとして動いてくれたのですか？　……私のために？」

「当たり前でしょ。エアちゃんのためじゃなきゃ誰が動くのよ。とりあえず、事実を書面化して家族に突きつけて、廃嫡《はいちゃく》か連帯責任かって選ばせただけよ。そうしたら当主はあっさり廃嫡《はいちゃく》を選んだの。それでも、この事件を起こした時点で家族である事実は覆《くつがえ》らない。もちろん貴族でも罪を問われるわ。廃嫡《はいちゃく》手続きをしても、これから起こることに罪を問われないだけ。だからといって、このことは許される行為ではないわ。それから、そこにいる四人は冒険者登録をしていないわ。つまり一般市民よ。そんな彼らを、自分の冒険に連れて行くのは、同意があったとしても規約違反なの」

「貴族に命令されたら、ついて行くしかないですよね。断ったら、家族も罰を受ける可能性がありますから。でもほかの子たちは自分たちも冒険者だと言っていました。規約違反になるから冒険者だと言わせられているのでしょうか？　でも一般市民で間違いないのですよね」

「そうよ。だから、ほかの四人にお咎《とが》めはないわ。彼らの家族は、子どもたちの身柄と同時に保護されることになってる。その時にはボンクラ家族は守備隊詰め所に出頭しているため、安全に保護されるわ。それから、フィシスたちが廃嫡《はいちゃく》手続きを取ったのは、ボンクラに対して厳しい取り調べをするためよ。貴族ではなく一般市民だから、拘束も投獄も一般市民と同じことが可能になるわ」

「エアちゃん、キッカたちが馬車で向かったから、もうすぐダンジョンに着くと思うわ」

アンジーさんがキッカさんたちのことを報告してくれた。すぐにこの二階まで来るだろう。それなら、ここでお昼休憩してもいいよね。

「わかりました。キッカさんたちに彼らを託したら、そのままダンジョン攻略を進めますね」

「エアちゃんは『魔物に襲われていた一般市民の保護をした』として、冒険者ランクが上がることになるわ。……でも」

「またナイショでお願いできますか？」

「ええ。わかったわ」

どことなく、ホッとした声のエリーさん。公になれば、混乱に巻き込まれることを心配してくれているのだろう。特に今は黒髪の女性を執拗《しつよう》に探している。召喚されて私だけ城から追い出されてから、まだ数日しか経っていない。城の中には、私の顔を覚えている人もいるだろう。

……目立つことは避けたいのが本心だ。

ふと気付くと、結界の外からキッカさんがしゃがんでこちらに手を振っていた。

「エリーさん。キッカさんたちが到着しましたよ」

そう言いながら、結界石を一つ手にして結界を解除する。

「キッカさん。エリーさんと繋がっています」

「ありがとう。エリー、キッカです。少年たち五人を無事に保護しました。少年一人がツタで拘束中。どうやらエアさんの魔法のようです。このままで王都に帰還させたいのですが、よろしいでしょうか？」

「もちろん。そのままにして。そいつは冒険者としての立場を悪用して、違反を繰り返したことが判明しているわ」

「ふざけんな！　今すぐ離せ！　おい、そこの女！　こんなことをしてタダで済むと思うなよ！　死ぬまで後悔させてやる！　オレ様は」

「すでに貴族ではない」

「ウソを吐くっな!」

エリーさんの冷たい声に、この少年は怒鳴り返した。キッカさんは呆れたように「あ〜あ」と呟いている。

「ウソではありません。すでにご家族……いいえ、元・ご家族ですね。そちらから廃嫡《はいちゃく》申請書が提出されて、すでに貴族院が受諾しています。今のあなたは一般市民の冒険者です。その冒険者の称号も王都に帰れば剥奪されて、一般の犯罪者として裁かれます」

フィシスさんの冷たい声と内容に、少年の顔は青ざめた。

「エアさん。貴族院は、貴族たちを管理するところです。貴族が法を破れば貴族院が裁きますし、罰を与えます。シシィ隊長とミリィ隊長が、廃嫡《はいちゃく》申請書を貴族院に提出に行きました。フィシス隊長とアンジー隊長は、冒険者ギルドで罪状の確認をされていましたよ。フィシス隊長が、貴族院側と話し合って、今後のことを決められるそうです」

「じゃあ四人のことは？」

「はい、聞いています。間もなく、四人のご家族は保護されるでしょう。貴族の方は、様々な罪状が上がっていますから、貴族院に移されるはずです」

「あのね。……フィシスさんがさっき、すごく怒ってて怖い罰を口にしていたの」

「ああ。それでは、その内容で貴族の罰は確定ですね……気の毒に。貴族は自業自得ですけど」

「気の毒？」

「ええ。貴族院のメンバーは、フィシス隊長の意見に反対できませんから。弱みをいくつも握られているんですよ。……下手すれば、裁かれる側になるようなことを」

「そちらも自業自得ですね」

「そうですね。清廉潔白《せいれんけっぱく》で、叩いてもホコリの出ない貴族もいるんですけどねー」

「だからフィシスさんやエリーさんたちが、後始末で迷惑するんですね」

「いえいえ。エリーたちは恩に着せていますよ」

「ちょっとキッカ！」

「エアちゃんに余計なことを言わないで！」

エリーさんもフィシスさんも、気付いていないが否定していない。……キッカさんの言葉を認めちゃっているんだよ？

「それより……エアさん。このダンジョンは、この広場が行き止まりではありませんよね？」

「はい。通路に土の壁を作って、コッコたちを閉じ込めています。コカトリスを倒したら、奥へ逃げちゃったので」

「え？　エアちゃん。それじゃあ、下の階へ行ってない？」

「ちゃんと、階段の前にも土の壁を作ったので大丈夫です」

私がエリーさんと話していると、キッカさんが何か考えごとを始めた。少しすると、一緒に来た仲間の冒険者たちと顔を見合わせて頷いている。

「エアさん。その残ったコッコを、俺たちに倒させてもらえませんか？」

「ちょっと待って。キッカ」

フィシスさんが、慌ててキッカさんを止める。私が食肉集めに出てるため、コッコ一体から得られるトリの肉を心配しているのだろう。でも、先ほど八十体を超えるコッコを倒したので、トリの肉なら大量に持っている。ちなみにコカトリスは軍鶏《シャモ》肉になった。

そして、残っているのは十五体くらいだろう。

「大丈夫ですよ。十分な数のトリの肉は、集まりましたから」

「あっ！　そっか。トリの肉が出たらエアさんに譲りますよ。俺たちは、あまり対戦の機会がないコッコと戦いたいだけなんです」

「オレは一度もコッコと戦ったことがない。っつーか、実物すら見たことがない」

「えっと……。コッコと戦うのはイイですし、お肉もキッカさんたちの物でイイのですが。一つ聞いてもいいですか？」

「何でもどうぞ」

「……武器に魔法属性を纏《まと》わせることができますか？」

「武器に……ですか？」

「はい」

私の質問にキッカさんたちは目を丸くする。

「エアちゃん。……できるのね？」

「はい。ちょっと危ないので離れますね」

立ち上がって剣を取り出すと「最初に火の属性からいきますね」と言って、剣に火属性を纏《まと》わせる。焔《ほのお》を纏《まと》った剣になると、キッカさんたちから「おおおーっ！」と驚きの声が上がった。

「次は水属性。最後に雷属性を纏《まと》わせますね」

水を纏《まと》った剣を見せてから、バチバチと雷を纏《まと》った剣を見せる。

「魔力を加減すると……見た通り、大きくなりますし、小さくもなります」

説明しながら、剣を二メートルまで長くしたり縮めたりして見せた。

「これは……普通の剣、ですよね」

「はい。冒険者ギルドの隣で購入しました」

「エアちゃん。それは多分、誰もやったことがないわ」

フィシスさんの声に、またやっちゃったかと落ち込んでしまった。前回も、アントを魔法で倒すという、この世界では誰も考えたことのない方法を披露したばかりだ。

そんな私に気付いたのだろう。キッカさんがニカッと笑いかけてきた。

「エアさん。これはどんなキッカケでできたのですか？」

「……コッコたちやコカトリスが大きいし怖いし。だから、剣じゃ届かないから魔法かなって思ったの。その時に、雷属性をイメージしていたら……」

「できちゃった？」

キッカさんの言葉に頷くと、

「やはりエアさんは発想が豊かですね」

キッカさん誉めてくれた。ほかの冒険者さんたちも、「魔法を自由に使えるエアさんだから、色々と試すことができるんですね」「オレたちでは、そんなことも考えつかないよな」などと感心された。

少年たちは目を丸くしている。

皆さんに言ったことは事実だった。ただ、武器に魔法を纏《まと》わせたのは「できたら面白そう」という好奇心からだ。ですが、魔物相手に使ったのはコッコだし、大きくて届かないから武器に魔法を纏《まと》わせたのも事実だ。

「エアさん。もう少しだけ、ここで待っていてもらえますか？　エリー、悪いが、このまま通話を続けててもらえるか？」

「かまわん。……すでに手遅れだと思うがな」

「よし。じゃあエアさん。この土の壁を解除してもらえますか？」

「はい。皆さん、気を付けてくださいね」

土の壁を解除すると、キッカさんたちはコッコ退治に向かって行った。

彼らの背中を見送りながら、気になることが起きていた。

私が「気を付けて」と言ったときに、うっすらとキッカさんたちが光の膜に覆われたように見えた。誰も気にしなかったため、壁を解除した時の光か通路の灯りが、彼らの装備品で反射したせいだと思い込もう。

……「祈りが身を纏《まと》う」なんて、まるで『聖女』じゃないか。

「エアちゃん。どうかしたの？」

ああ。通話のままだったな。エリーさんに心配させたようだ。

「キッカさんたちが向かったのですが、何も聞こえないなーと。奥の壁に穴を開けられて下の階まで行ってしまったかと思っていました」

「エアちゃん、キッカたちなら大丈夫よ」

「あと……あの子がいる広場に戻りたくないなーって」

「あー……。それは確かにそうだね」

「大丈夫よ。あのボンクラが何か言う度に罪状が増えていくから。早く会いたいわ～。いっぱい可愛がってあげなきゃね。フフフ」

フィシスさんがブラック化してる。エリーさんとアンジーさんが、「私たちも長く楽しめるようにしてね」と言っているのが聞こえた。……少年は自業自得だけど、彼の家族は気の毒……でもないね。そう育てたのは親だ。兄弟姉妹がいたら気の毒、でもないかな。

広場に戻ると「おい！　さっきのもう一度やってみせろ！」と言ってきた。命令口調だね。すでに貴族ではないから、誰も相手にしない。私が聞いてあげる必要もないだろう。

「おい！　クソ女！　聞いてるのか！　お前らも黙ってないで、このツタを早く切らんか！　このグズども！」

「誰も君の言うことなんかきかないよ。何を考えてるの？　君はもう貴族ではないって意味、わかってる？」

「ウルサイ！　王都に戻ったら父上にお願いして、キサマがオレを殺そうとしたと訴えてやる！　今までも、父上はそうやって言うことを聞かせてきたんだ！　キサマは、オレがこの手で八つ裂きにしてやる！」

「いい加減にしろ!!」

エリーさんの激怒に、少年はあっさりと目を回して気絶してしまった。甘やかされて育った貴族《ボウヤ》だから、誰かに怒られることはなかったのだろうか？

「エリーさん。気絶してますよ」

「ああ。これでようやく静かになったわね」

漏れ聞こえたエリーさんのため息に、苦笑してしまった。

「あの……。僕たちのせいで申し訳ありませんでした」

「キミたちも巻き込まれた側だ。気にするな」

「……私たちの家族はみんな、あの坊ちゃまの家に雇われています。だから、歯向かったり機嫌を損ねたら……家族まで罰を受けてしまいます」

やっぱりこの子たちは、家族を人質に取られたようなものだったのか。

「うん。でも、もう大丈夫よ。そこの坊ちゃまも貴族の親たちも、罪を問われることになってるわ」

「すでに、親たちは貴族院に連行された。キミたちの家族を含めた使用人は、全員保護される」

エリーさんの言葉に、「もう、私たちは自由なの？」と震える声で聞いてくる少女がいた。十二歳だという彼女は、王都に戻ったら少年の父親に奴隷として教育されることが決まっているらしい。

ほかの少女が言った通り、機嫌を損ねた罰だそうで、彼女にはすでに奴隷にされた姉もいるらしい。奴隷にされた少女たちのほとんどはすでに邸にいない。残っているのは少女の姉を含めて数人。残りの少女たちはすべて貴族たちに売却されたそうだ。

「安心して。すでに守備隊の保護施設で治療を受けているわ」

フィシスさんがそう伝えると、「オレたちの家族も?」など口々に聞いている。

「全員保護されたわ。あなたたちも、王都に戻れば保護施設で家族と再会できるわ」

「やった! もう俺たちが、怯えて暮らす必要はなくなったんだ!」

少年少女たちは抱き合って喜んでいる。

少年たちも何かしらの抑圧を受けていた、いや、各々《おのおの》の家族が各々の人質だったのだろう。

この世界には奴隷制度がある。大きく分けると犯罪奴隷と借金奴隷の二種類だ。賞罰欄や称号で奴隷という表示が出る。けれど、奴隷という立場であっても「契約書」が存在するそうだ。奴隷商も正式な職種として存在している。そのため、奴隷商を仲介しない奴隷売買は禁止されている。少女たちが奴隷として認められていない場合、不正行為で取り締まりの対象だ。奴隷商以外には主従契約を結ぶことができない。そして、王都から奴隷を連れ出せるのは奴隷商のみだ。

その点からも、売られた少女たちが王都から出た可能性が低いそうだ。

ふと地響きがして、コッコが近付いて来るのがわかった。きっと取り逃がしたのだろう。

「ちょっと外に出るわ。みんなはここにいて」

そう言い残して広場から出た。手に取った剣には、すでに雷属性を纏《まと》わせている。

「どうしたの？」

「コッコがこちらに向かって来ています」

「大丈夫？」

「一体、だけです、っと。……片付きました」

「エアちゃん。……もしかして、今会話しながら斬って収納した？」

「はい。雷の剣《けん》で」

「あっ！　エアさん。今コッチにコッコが」

「はい。すでに倒しました。あ、そこで止まってください。まだ血が残ったままですから」

「え？　あ、はい」

状態回復を掛けて飛び散った血を浄化すると、目を丸くして驚かれた。

「え？　え？　……えええ～～！！」

「エアちゃん？　まぁた、何をしたの？」

「床や壁に飛び散ったコッコの血を、魔法で消しただけです。そのままにしたら踏んで汚してしまいますし、ここはダンジョンなので臭いがこもります。外でも、血の臭いで強い魔物が寄ってきてしまいます。私はまだ初心者レベルなので、強敵と戦える技術も自信も持っていません」

エリーさんにそう説明したら、目の前の冒険者さんが感心する。

「エアちゃん。なんの魔法をかけたの？」

ると書いてあった気がする。

「待ってください。その魔法は何の本に書いてあったのですか？」

「『状態回復』です」

「『状態回復』にそんな効果があったのですか！」

「元の状態に回復する魔法ですよ？　魔法の本の説明には、壊れた物や建物にも使えるとありました。そこに強い魔物は血の臭いで集まるため、討伐後《とうばつご》は速やかに血の臭いを消しましょうって一文もありました」

「一体なんの本ですか！」

「『初級魔法全集』です」

「初級……初級の知識……。それなのに、そんなことも知らないとは……」

床にへたり込み、ガックリと項垂れています。また地響きが聞こえてきたが、この冒険者さんは気付いていない。

「仕方がないですね～」

「エアちゃん？　どうしたの？　またコッコが？」

「それもあるんですが……。ショックで落ち込んじゃってて動いてくれません」

そう言いながら冒険者さんの横を通って、今度は剣に焔《ほのお》を纏《まと》わせる。地響きが近くなって、やっとコッコの接近に気付いた冒険者さんだったが、驚きで腰を抜かしたようで立とうとしない。気付いて振り向いたら、すでに視認できるまで近くに来ていたのだから。立ち上がって武器を構える前に、蹴り飛ばされただろう。

「よっ！　と。はい、終了」

魔力で伸ばした剣を一閃《いっせん》して首を斬り落とし、すぐに収納する。今回は炎で傷口を焼いたため、血は最小限で済んだ。しかし、血の臭いは残っているため、『状態回復』を掛ける。

「落ち込むのはいいけど、安全な場所でやらないと危ないよ?」

そう注意すると「はい。すみませんでした」と小声で謝罪してきた。

「今さらしてこなかったことを悔やんでも意味がないですよ? 悔やむくらいなら、今から動けば良いじゃないですか」

「そうですね。悔やむより、これから身につければ良いんです。……よし! もう大丈夫です。ここは自分が守りますから、エアさんは広場で休んでいてください」

「わかりました。よろしくお願いします」

やる気を復活させた冒険者さんにこの場を任せて、私は広場へと戻った。

「ねえ、エリーさん。『状態回復』って、そんなに変なこと?」

「そんなことはないわ。彼らは守備隊出身だからね。初歩を知らないだけよ。連中には冒険者の基礎を叩き込まなきゃね」

「また討伐《とうばつ》中に落ち込んで、魔物に殺《ヤ》られたら困りますね」

ため息を含んだエリーさんに、苦笑してしまった。エリーさんは文字通り、スパルタ教育をするつもりだろう。実際に今、生命を落としかけた冒険者が一人がいるから、厳しく教育してもらわないといけない。

「あの……。冒険者って、誰にでもなることができますか? ……あの。僕たちでも」

「誰にでもなれるわよ。植物採集も冒険者の仕事だし。そこで気絶してるのも冒険者だったでしょ？」

「私たち、冒険者になって家族を支えたいんです」

「それはいいけど……家族と会って落ち着いてからにしなさい」

エリーさんの言葉に少年たちは食い下がる。

「ですが……」

「エリーさんは反対してるわけじゃないの。キミたちは、ここに閉じ込められていたから知らないけどね」

そう言って『はじまりの迷宮』の話をした。そしてエリーさんが、安全だと確定されるまでは新規登録ができないことも伝える。

「だからね。今は家族と一緒に過ごして、少しでも身体を回復させた方がいいわ」

「あの……私たちが冒険者になったら、一緒にパーティを組んでもらえませんか？」

少年たちは、今度は私にターゲットを向けたようだ。

「悪いけど。それはムリ」

「なぜですか？」

「僕たちが、初級者で足手纏《まと》いになるからですか？」

「私自身も初心者ランクだけど？」

そう言ったら、驚かれてしまった。

……考え方が自己中で不快なんだけど。バカな貴族と一緒にいて、洗脳された？　それとも、自分で考えることを放棄して、私に依存する気だろうか？

エリーさんが「エアちゃんは、これがまだ二つ目のダンジョンよ」と話すとさらに驚かれた。

「キミたちが言ってることは、そこで気絶しているバカと変わらない。自分たちの都合をエアちゃんに押し付けてワガママを言ってる自覚がないの？　そんな子には冒険者になってほしくないわ。だって迷惑だもの」

エリーさんに注意されると、誰もが恥ずかしさからか顔を赤らめて俯いた。

「冒険者になる前から一方的に自己主張して自分たちを連れて行け、パーティを組めって。あのバカとおんなじ。で？　次は何？　武器を寄越せ？　それとも食べ物寄越せとでも言う？　ホント、こんなやつらなんかを助けなきゃ良かった」

「まあまあ。ちゃんと考えているから」

「ああ。一つ言わせてもらうとね。私は、冒険者登録をしてまだ四日目なのよ」

「それは本当なんですか？」

「ほんと。だから、自分のことで精一杯。だから、誰かと一緒に行動できない。強い人に甘えて守られるのも嫌だし、弱い人に足を引っ張られるのも嫌。大体、自分の実力がわかっていないのに誰かと組むなんてできない。それは自分のできる範囲を過剰評価することになる。……それは、そのまま死に直結する。私はみんなを好きでいたいから。みんなに、好きでいてもらいたいから。だから、私は一人で冒険をする……。今までも。そしてこれからも」

そう。城に聖女として選ばれた彼女を置き去りにして、自分だけ逃げ出した。

追い出されたことを言い訳にして……

今になって私を探す城の関係者たち。それは、残してきた彼女に何か起きたからだろう。それも……悪い意味で。

そしてもう一つ。なんとなく気付いているのに目を背けていること。

私の『幸運レベル』が高いのと共に、称号に非表示のままにしていた『聖女』。その表示が消え、代わりに現れた、新しい『この世界最後の聖女』という称号。

それは……どんな形であれ、彼女がこの世を去ったからだ。そうじゃなければ『最後の』とはつかない。非表示のままだから、鑑定ができる人にも見られることはないだろう。

私は彼女ではない。でもきっと私と同じ願いをもっていたはずだ。

『二度と召喚される聖女が現れないように』

彼女は一方的に喚《よ》び出され、「いらない」と城から追い出された私の存在を知っている。そして、城に残された自分自身も。

……でも生きていてほしかった。強くなって、この国から出る時に連れて行きたかった。

…………私は、間に合わなかったのだ。

そんな私にできることは、誰にも頼らず一人で生きること。もちろん、どこかに引っ込まないと完全に一人になれない。今はまだ、この世界のことを知らないし、わからない。だから冒険者となり、ダンジョン攻略を理由に魔法やスキルを検証している。

でも……。いずれはこの国を離れて、どこかでひっそり生きて死ぬつもりだ。

コッコと戦って満足したのだろう。キッカさんたちが笑顔で戻ってきた。

「いやー。コッコを取り逃《のが》してしまい、申し訳ありませんでした」

「武器に魔力を纏《まと》わせる練習をしながら戦っていたのですが……。エアさんみたいに、上手くいきませんね～」

「お前ら！　いい加減にしろー!!」

エリーさんの怒号に、冒険者さんたちが「しまった！」という表情をした。中には、口を押さえている冒険者さんもいる。私がエリーさんと通話を繋いだままなのを忘れていたようだ。

「キッカ。そいつら引き連れて、サッサと王都へ帰ってこい。全員の根性を叩き直してやる！」

「ハイハイ。ったくお前らは。エアさんができるからと言って、ランクもレベルも上の自分たちだったら練習もしないで簡単にできると思い込むな。それで結局、コッコを何体取り逃がした！」

キッカさんは、シュンとなった冒険者さんたちに活を入れて、トドメに「エリーだけじゃなく、隊長たちからも再教育を受けるからな。今から覚悟をしとけよ」と脅している。

キッカさんが気絶している少年を俵のようにヒョイと肩に担ぐと、「エリー。オレたちは少年たちを連れて今から帰還する」と報告する。ほかの少年少女たちも弱っているため、冒険者さんたちに背負われている。

「すでに、門にはフィシスたちが待ち受けているから。……まあ。死なない程度にガンバレ」

特に、励ましにもならない言葉をキッカさんたちに送るエリーさん。キッカさん以外の冒険者さんたちは、その後の再教育を思い浮かべたのか？　顔面蒼白になっている。

「よし。準備はできたな。では我々は戻ります。コッコ討伐《とうばつ》を譲っていただき、ありがとうございました」

キッカさんは私にお礼を言うと、「これより全員、王都へ帰還する」と号令を掛けて、広場を出て行った。その後を皆さんもついて行く。

「エリーさん。一緒にいてくれてありがとう」

「エアちゃん。ごめんね。キッカたちと一緒に行ってあげられなくて」

「ううん。エリーさんは冒険者ギルドのお仕事があったでしょう？　それに、フィシスさんやアンジーさんも。みんながいてくれたから、声を掛け続けてくれたから、落ち着いて行動することができました。ありがとうございます」

「エアちゃん。この先も、気を付けて探検するのよ。それと、コッコやコカトリスのことも、少年たちの保護のことも、すぐに連絡してくれてありがとう。何かあったら、いつでも通話していいからね」

「はい。わかりました。では通話を切りますね」

通話を切るとすぐに静かになった広場。時間を確認すると、まだ十一時台。お腹もそれほど空《す》いていないから、このまま先へ進むことにした。

キッカさんたちが討伐《とうばつ》してくれたため、魔物は一体も現れずに、階段の前に作った土の壁まで来ることができた。土の壁を解除して階段を降りていく。

腰の剣を確認して三階を進むと、ネズミたちがいた。やはり、好きになれないハツカネズミ系の魔物だ。苦手なので、サクッと魔法で倒していく。そしてサクサクッと死骸を収納して、サクサクッと状態回復を掛けた。

そのうちに慣れるだろうか？　心配だ。

ウサギ相手には剣で戦っていく。魔力を帯びていない武器を使った、普通の戦闘に慣れるためだ。

時々、キバつきウサギが現れている。そして収納の中にはウサギのキバが回収されているだろう。休憩した時に確認をして、ポンタくんに連絡しておこう。

四階には無事に辿り着いた。ダンジョンの情報では、ここから先はウサギのみが出現するようだ。

三階にはネズミが多かったので、そこにある広場では休憩できなかった……。二階にいたネズミたちが、コッコたちに追われて降りていたのだろう。

ウサギたちを倒しながら進んでいくと、結界に守られた広場に辿り着いた。通路に結界を張ってから広場に入った。休憩後に通路へ出て、後ろから襲われたくはない。初心者用のため、魔物の攻撃力は低いが、さすがに痛いのはイヤだ。

広場に入り、安全のために結界石でさらに結界を張る。シートを敷いて、クッションとテーブルを置き、ランチタイムに入る。ちょうど十二時三十分。お腹も空《す》いてきた。

出発前にユーシスくんが差し出してくれたバスケットには、焼いたトリの肉やウサギの肉を挟んだ二種類のサンドウィッチ。そして昨日もらったレシピで作ったのだろう、ポテトサラダが入っていた。パパさん特製のスープは、野菜のコンソメスープだった。量は前回の倍。一食分ずつに分けられている心遣い。泊まりで向かうことは伝えていたので、きっと夕食か明朝用も入っているのだろう。

メールは届いていないので、フィシスさんたちは大忙しのようだ。経過報告をして手を止めさせる訳にはいかないな。

とりあえず、『大地の迷宮』は六階までなので、このままクリアを目指していく。

近くの『水の迷宮』に入ってから、戦闘情報を報告することにした。そして、ウサギのキバの総数をエリーさんに伝えて、金額の交渉を頼もう。

ランチを一食分残し、三十分の休憩を取ってから、身の回りのものを収納ボックスにしまった。忘れ物がないか確認して広場を後にする。

ここから先もウサギが相手なので、両手にグローブをはめて腰には剣を装備した。深呼吸をしてから、結界石を回収して結界を解除する。やはり上位魔物なのだろう。キバつきのウサギは私の気配を察知したのか真っ先に襲ってきたので、斬ってすぐに収納した。

先程の休憩で確認した時に、ウサギのキバが三十本を超えていた。きっと、ポンタくんは在庫が増えるため、喜んでくれるだろう。

＊＊＊

私は自分のココロにフタをする。そうしないと……「私はこの世界を滅ぼしたくなる」から。

でも、私はこの世界に生きる人たちと触れ合った。マーレンくんやユーシスくん。パパさんやママさん。ミリィさん、シシィさん、アンジーさんにフィシスさん。エリーさんやシェリアさん。ポンタくん。そしてキッカさんたち。王都で出会った、私に優しくしてくれる人たち……。そんな人たちに出会ってしまった。

私は、一部の悪い人たちの存在だけで、この世界すべてを否定できない。

だから、私は言葉使いを注意している。この人たちは召喚と関係がない、自分の感情をぶつけてはいけない。だから、彼らに対してできるだけ敬う気持ちで接している。

気持ちを落ち着かせるために。…………心に壁を作って。

でも、泣き叫んで暴れてしまいたい感情も溢れている。

何故？　何故？　何故？　何故？

何故、私たちはすべてを奪われなくてはならなかった？

そして、何故、彼女は生命すら喪《うしな》わないといけなかった？

何故？　何故？　何故？　何故？

それを誤魔化すように、私はこの隠した気持ちを魔物にぶつけている。本当なら炎でフロア一面を焼き払いたい。でもそれは最終手段……私は憎しみに負けて城を焼き尽くして皆殺しにしてしまうだろう。

感情のまま動けば、王都も、大切な人たちも……見境なく焼き尽くすだろう。

そのために「ポンタくんが素材を必要としているから」と理由をつけて誤魔化している。怒りの炎が。憎しみの刃《ヤイバ》が。『大切な存在』になってしまった人たちに、向かわないように。向けてしまわないように。

私は、この世界に放たれた『災厄』なのかもしれない。私の心は、放っておくと、憎しみや怒りが抑えられなくなる。

彼らの希望《のぞみ》通りに城へ名乗り出て、彼らを八つ裂きに……

惨《むご》たらしく切り刻んでミンチにして、魔物を呼び込む撒き餌《まえ》にしてやりたい。頭だけになっても、再び切り刻まれるために痛みを伴いながら身体を再生させる。そして痛みを忘れた頃に、再び身体を切り刻まれる。そんな罰を永遠に与えてやりたい。

第二王子と国王。そして、血眼で私を探している城のお偉方たちを。

突然、見知らぬ場所に聖女として誘拐され、それまでの生活を奪われたのだから、それくらいの見返りは当然ではないだろうか？

……………ごめんなさい。もう一人のわたし。この世界でたった二人きりだった日本人。

自然災害で家族や地元の親友たちをすべて喪《うしな》った私と違って、きっとあなたには大切な存在が日本にたくさんいただろう。

何故、あなたと私だったんだろう。

日本にまだ未練の少ない私だけだったら良かったのに……

私は忘れないから。あなたがこの世界にいたことを。

だから、私がこの世界を滅ぼさず、生きていくことを許して………

❊❊❊

六階の最奥にあるラスボスの部屋。重厚感のある扉は『はじまりの迷宮』と変わらない。

何が出るのだろうか。私の予想というか願望では、ツノもキバもあるウサギさんだけど……ネズミが出てきたら、今までどおりに魔法を使おう。

これが初めてのラスボス戦だ。『はじまりの迷宮』にできていたアリの巣は討伐《とうばつ》したことでクリアしているけど、あれは本当のラスボス戦ではなかった。

それに、ここが初心者用に設定された安全なダンジョンだとしても、緊張しないはずがない。

深呼吸をしてから扉に手を掛けると、内開きに軽く開いた。中に入るとラスボスはいない。初心者なら「ラッキー」と思うのだろうか。しかし、ここはラスボスの部屋。不在になるはずがない。

たとえば、学校の先生に職員室に呼び出されたのに、先生がいなくて大ラッキー♪　なんてことはありえないように。

中央に向かって歩いていくと、開いていた扉がバーンッと大きな音をたてて閉まった。ホラー系の映画やアニメでよくあるように、聴覚・視覚で恐怖感を高める演出だな。

すると……出てきた……ラスボスのネズミ。それもドブネズミ。いやね。そんな予感はしていたんだ。

ダンジョンのボスには、その中で一番強い魔物が選ばれるそうだ。実際に戦ってわかったのは、ウサギよりはネズミの方が強くて凶暴だってこと。そしてホラーでよくあるラスボスは主人公への嫌がらせ。グロテスクな見た目だったり、味方だった仲間の裏切りだったり。色々な方法で精神を削りまくってくれる。

……私には『ドブネズミ』でも十分な嫌がらせになっていた。

剣を構えて、戦闘態勢をとる。魔法だけに頼っていて、魔法の効かない迷宮でネズミが出たけど魔法が使えないから逃げ出しました、なんて続けていたら困るのは自分自身だ。

理不尽に連れて来られて溜まっている鬱憤《うっぷん》。キライだからこそ、そのストレス発散に使わせてもらおう。

剣をしまい、グローブだけになる。ネズミの下には光る環《わ》があり、このボスネズミはそこから現れた。その環《わ》は今もまだ残っており、ボスネズミはそこから出てこない。ボスとはいえ、行動を制限されているのだろう。

拳術より投擲《とうてき》の方がレベルは低い。しかし、拳術を練習するには相手が行動の制限を受けている現状が一番最適だ。それに蹴りの練習をするのにも。

ボスネズミは、威嚇《いかく》のためか「キェエエェー！」と吠えている。

駆け出してもトロいと自覚している私は、ボスの前で転ぶだろう。だから、歩いて近付いた。ボスネズミは戸惑っているようだ。それはそうだろう。自分に向かって来るのに、剣はしまうわ、歩いて寄ってくるわ。腕を振りかぶることも忘れたみたいで私を見ている。

二本足で立っているために三メートルはある大きなネズミ。その足まで近付いて、握った手を「ぽこん」とぶつけただけで、足が振り上がってひっくり返った。その時に床で頭頂部をぶつけたのだろう。カタンと部屋の奥で音がした。同時に、背後の扉でもガチャリと音がする。

………ラスボスを倒したようだ。

驚くほどあっけなく、ラスボスのネズミを倒して得たドロップアイテムの一つに、不愉快魔人（縮小版）が泥棒ネズミに引ったくられたという『コカトリスの卵』があった。

……王都へ持ち帰ってもいいのだろうか？　もしかして、ダチョウの卵のように食べられるのだろうか？　その場合、何人分のオムライスが作れるんだろう。

奥の扉を押し開けると、高さ一・五メートルの白く光る石が置いてあった。これが転移石なのだろう。

転移石に触れると、周囲が光に包まれて……私は白く輝く見知らぬ場所に立っていた。

第七章

目の前に、城に残してしまった茶色の髪の少女がいた。もうひとりの『聖女』。もうひとりの『わたし』。彼女は、驚く私に飛びついてきて「ごめんなさい」と繰り返し謝罪してきた。「この世界に一人置き去りにしてごめんなさい」と。

「私こそ。あなたを置き去りにして、一人で城を出てごめんなさい」

「ううん。私こそ」

「違う。私の方こそ」

お互い繰り返して、顔を見合わせてクスクス笑い出した。「お互いさまよね」って。

「ゴメンね。私、短気だから、王様を前にしたらキレちゃって。思わず、やってられっかー！って。心の中で願いごとをしたら、全身が金色に光って。……ああ。願いごとが叶えられるんだって思ったら、もうどーでもいいやって。後先考えずに、全部投げ出しちゃった」

「もう……。私が強くなって、この国から出ていく時に一緒に連れて行こうって思ってたのに」

「アハハ。残念。それまでガマンしてれば良かったよー」

「そういうの、何ていうか知ってる？『短気は損気』って言うんだよ」

「あー。ほんとにそうだ。一緒に冒険者をしたかったよ」

「それは私もだよ」

こうして話していると、ずっと昔からの親友のように思えてくるから不思議だ。

「私ね。あのあと、バカ王子に押し倒されたんだよ。すぐにメイドさんに助けられたけど」

「……やっぱり。八つ裂きに」

「ダメだよ。あのバカって、死ねずに永遠にこの世を彷徨《さまよ》う罰を受けるから」

「じゃあ。せめて去勢を」

「あ！　それは罰に入ってるよ。女性だとアソコを縫っちゃうんだって」

「……痛そー」

「よねー」

二人で顔を見合わせて笑い合う。

「もっと、色んな話をしたかったなー」

「うん。私も一緒に笑いたかった」

「ほんと。私って、後先考えずに行動しちゃうから」

そう言った彼女は、死の直前に願ったことを教えてくれた。

一つ目は「この世界に、二度と聖女が召喚できなくなればいい！」。

自分たちのことは自分たちで解決しろ！　よその世界の、無関係の私たちを巻き込むな！

うん。その気持ち、私も同じだ。

そんな彼女が、死んでから知ったことがあった。それは召喚は国王の許可が必要で、今回の召喚は許可はなく、あの第二王子が「次期国王は自分だー！」という身勝手極まりない命令だったらしい。腐っても第二王子。歯向かえなかったのだろう。

「でも、あの国王も酷いもんだったよ。謝れば許されるなんて思い込んでいたんだから。それでも私が怒ってたら、その後はダンマリ。そして私が死んだら、離れに引きこもって仕事丸投げ。今だって、口の上手い宰相に唆《そそのか》されて、もう一人の聖女が一言、自分を許すといえば丸く収まるなんて思い込んで、離れから出られる日を待ってるの」

「あ、それムリだわ。許す気ないもん」

「当たり前だよね。一応ね、王太子とその側近だけはマトモな考え方をしてるよ。謝って許される問題じゃないって」

「そりゃあそうよね。ちゃんとわかってるじゃない」

「王太子が賢いから、父親はともかく、あのバカも賢い兄と出来の悪いアホの子って比べられてきたらしいよ。だからといって、やっていいことと悪いことの区別もつかないバカに育ったのは、本人と甘やかした周囲のせいだろうけどね」

アイドル並みの可愛い顔で。その顔に似合った可愛い声で。そこから紡がれる言葉は毒の花。

そのギャップに私は心の中で苦笑していた。

「この世界に『一蓮托生』ってないのかねぇ。父親も同罪として罰を受ければいいのに」

「んー。別の形で罰を受けそうだけどね。貴族の不正を見逃したりしてるし。この世界に死刑制度はないの。でもバカが受ける罰が死刑に近いよ」

「死ねないけどね」

「そう。死ねないけどね」

「死ねない死刑って」

「『イイよね～』」

そして、もう一つは『私のこと』だった。

この世界から元の世界に戻れないなら、『どうか、この身勝手な人たちに捕まらずシアワセになって』。

「たぶん。それが、私の『幸運』をマックスまで高めたんだと思う」

「え？　本当？」

「うん。本当。最初は幸運レベル6だったのがレベル10になった上、『幸運に恵まれし者』の称号も付いたよ。見られないようにしてるけどね」

「うわー。スゴいというか。ゴメンというか」

「冒険者には、いいことだよ。ドロップアイテムの回収率が、何倍かわからないけど上がってるし。罠の回避率も、隠し部屋発見率も百パーセント！」

「良かった。そうよね。『聖女の加護』だもん。悪いことではないよね」

「って。自分で『聖女』って言っちゃう？」

「エヘヘ。言っちゃった」

私たちはわかっていた。この楽しい邂逅《ひととき》は長く続かないって。そして……もうすぐ終わりを迎えるんだって。

「ねえ。私のこと、いつまでも悲しまないで、この世界でシアワセになってね」

「……努力するよ」

「うん。それとね。一つだけお願いしてもいい？」

「私にできることなら」

「私の世話係になってたマリーが、私が死んだことでメイドを辞めたの。だから彼女に伝えて。私が死んだのは自分の意思だって」

「どんな人？」

「んー……。あんまり覚えてないな」

「コラコラ。それでどうやって探せと？」

「そこは多分……勘？」

「ちょっとー」

「でもね。多分大丈夫って感じがする。マリーに伝言は伝わるって」

「……だったら、わざわざ探さなくても大丈夫かな？」

「そうそう。マリーはメイド頭だったよ」

「夢まくらには立てない？」

「試してみたけど無理だった……」

「じゃあ、今ならどうかな？　『聖女』が二人揃ってるんだから」

私の意見に目を丸くした彼女だったけど、「そうだね。もう一度試してみる！　ダメで元々！」と笑顔になった。

目を閉じて、彼女に『自分の気』を送り込む。

どのくらい目を閉じていただろう。

「ありがとう」

彼女の声で目を開けると、涙を流しながら嬉しそうに、でも笑っていた。

「ちゃんと会って話せた。お礼も謝罪も言えたよ」

「良かった。……もう大丈夫？」

「うん。……約束だよ。この世界から戻ることは二度とできないけど……この世界でシアワセになって。どんなシアワセでもいいから……私のことで後悔しないで」

「うん。もう後悔しない。こうやって、もう一度会えたのだから」

「うん。私も、もう一度生まれ変わる。この世界か元の世界かわからないけど……今度は、私もシアワセになるから」

「うん。お互いシアワセになろうね」

「うん。約束だよ」

「ああ。約束だね」

❃　❃　❃

気が付いたら、私は『大地の迷宮』の入り口にいた。

「エアちゃん？」

声に驚いて振り向くと、なぜかミリィさんが立っていた。いつものように、強く優しく抱きしめてくれる。

「ミリィ……さん？」

「エアちゃん！　良かった！　無事だったのね！」

「エリーさん？　フィシスさんたちも？　……どうして？」

「連絡しようとしても、メールも通話も通じなくて。心配だったから、みんなで来たのよ」

「エアちゃん。通話の時に、どことなく様子がおかしかったから気になってたの」

「……泣いてたの？」

シシィさんに頬を撫でられて、私は自分が涙を流していることに気がついた。

「……親友に。転移石を使った時に、亡くなった親友に会いました。……ちゃんと、お互いに言いたいことも伝えたかったことも。お礼も謝罪も。全部……言って……笑ってお別れできました」

「そう。……良かったわ。エアちゃんがこちらへ戻ってきてくれて」

フィシスさんが私の頭を撫でてくれる。ミリィさんも再び抱きしめてくれる。

「エアちゃん。その親友とずっと一緒にいたいとは思わなかった？」

ミリィさんの質問に、頭《かぶり》を振る。

「私たち、約束したから。……『お互いシアワセになろうね』って。彼女も、『もう一度生まれ変わって、今度はシアワセになるから』って」

そう。約束した。城の連中を憎むのも止める。憎んでいたらシアワセになれないから。

でも許す気はない。許さなくても『私なりのシアワセ』はきっとあるから。

連絡が取れない私を心配して、ここまで駆けつけてくれた皆がいる。遠巻きに、私たちの様子を見守ってくれるキッカさんたちもいる。きっとまた帰るコールをしたら、門まで迎えに来てくれる心配症の兄弟がいる。

そして、私を優しく迎え入れてくれた、ポンタくんをはじめとする王都の人たちもいる。

「だから……私は大丈夫」

思わず呟《つぶや》いた言葉で、皆がホッとしたような笑みを浮かべた。

転移石で移動した時に、亡くなった人に呼ばれることがあるそうだ。呼ばれた人のほとんどが、そのまま戻ってこない。

私との通話で、私の過去に何か悲しいことがあったと思ったエリーさんが、連絡が取れなくなって真っ先にそのことを思ったそうだ。

「戻ったら仕事放棄とかで叱られるわね～」

アンジーさんが笑って言うと、「仕事よりエアちゃんのほうが大事！」とシシィさんが抱きしめてくれた。

「何か大事な理由があったら怒られませんか？」

「王都が危ないって問題ならね」

アンジーさんの言葉に、「コカトリスの卵は理由になりますか？」と聞いたら驚かれた。

「さて。……エアちゃん。そのコカトリスの卵はどこから出てきたの？」

キッカさんが結界石を置いてくれた結界の中で、エリーさんがシートを広げた上で、フィシスさんが取り出したティーセットで紅茶を呑んでひと息いれた。

キッカさんたちは、結界内にもう一つ結界を張ってその中にいる。私たちの会話を聞かないためと、迷宮に入り込む魔物の邪魔をしないためだ。

「……ラスボスのネズミを倒したら、ドロップアイテムに入ってました」

「そういえば詰め所でも、あのボンクラが、卵はネズミに奪われたって言ってたわね」

「エアちゃん。『大地の迷宮』には本来ネズミはいないわ」

「じゃあ、『はじまりの迷宮』がアントに襲われて逃げ込んだ？」

「そう考えるのが妥当ね」

「ドロップアイテムで見つけたんだけど、エリーさんに通信できなくて……」

「ああ。ボス部屋の中では外と通信が使えないのよ。……そうか。それで私たちは連絡が取れなかったんだ」

「エアちゃん。ボス部屋に入ったのは何時頃？」

「十六時を回った頃です」

「じゃあ時間的に合ってるわ。……そうよね。ボス部屋に入っている可能性があるから、時間をおいてから連絡しないといけなかったわね。その後は、誰も連絡取ろうとしなかったでしょ？」

フィシスさんの言葉に、全員が「あ！」と声を上げる。

その様子に私がクスクスと笑っていると「だーれよ。私たちのことを笑ってる子は～」と、アンジーさんが背後から抱きしめてくる。

「だって。そんなことも忘れるくらい、私のことを心配して駆けつけてくれたのでしょう？」

そう言って笑うと「もう。本当にみんな心配したんだからね」と言いながら、アンジーさんがさらにぎゅ～っと抱きしめてきた。

「私が聞きたかったのは、コカトリスの卵を王都へ持ち込めるのかどうか。それと、食べられるのかな？　って」

最後の言葉に、全員が「エアちゃん……」と苦笑する。

「だって……。持ち込めないなら、殻を割って生卵にして保存すれば食材にできるかと。宿に帰ったらパパさんに調理してもらおうかな？　って。このまま放っておいて孵化《ふか》しちゃったら、それはそれで問題でしょう？」

「もう。エアちゃんったら。本当に面白いんだから」

エリーさんが笑いながらそう言うと、みんなも「エアちゃんらしいわ」と笑い出した。

「エアちゃん。問題の卵をみせて？」

「はい」

収納ボックスから卵を取り出すと、五十センチはありそうな大きな卵が膝の上に現れた。十歳くらいの男の子が持って走れるくらいの重さだ。

「あー。まだ産み落とされてから数日だから、孵化《ふか》まで三百日は余裕あるわ。……でもね。エアちゃん。これは毒性があるから食べちゃだめよ」

「コカトリスの卵には毒性が？」

「そうよ。これを食べられるのは、毒に耐性を持つ魔物だけよ」

「ボスネズミ？」

「そうね。ボスはドブネズミだったでしょ？　あれは毒性の高い沼で棲息しているから、コカトリスの卵でも食べて大丈夫なのよ」

「じゃあこれは？」

「焼却した方がいいわね」

「エアちゃん。貸してもらえる？」

立ち上がったエリーさんに渡すと、キッカさんが外側の結界石を一つ外してくれていた。エリーさんは少し離れた場所まで歩き、卵を地面に置くと一瞬で炎の渦で包んだ。

「コカトリスの卵は、普通の炎では効かないの。エリーが使ってるのは火の上位魔法よ」

「アントの時も、スゴい炎でした」

「エリーの炎は凄いわよ。燃やす対象だけを燃やせるから」

確かに、今も周りにある草は焼けていない。卵だけが焼けているのだ。少しするとパキンと高い音がして、卵全体にヒビが入り砕け散った。

「エアちゃん。収納してみて」

「でもエリーさんが」

「ああ。でも、この卵の所有者はエアちゃんだからね」

そう言われて手を伸ばして収納すると、コカトリスの殻とコカトリスの薬液がアイテムボックスに追加されていた。それを皆に伝えると「エアちゃん。殻を譲ってくれない？」とフィシスさんに言われた。それを持ち帰って、コカトリスの卵の処理のために出た証拠にするそうだ。そのため、フィシスさんにプレゼントで贈った。

「エアちゃん！　譲ってと言ったけど、タダでなんて言ってないわよ」

「だって、みんなでここに来てくれました。それに、このコカトリスの卵をメールで連絡するつもりだったのは本当ですから」

「じゃあ。エアちゃんに借り一つね」

「私が借り一つです。前に迷子ちゃんのこと、手伝ってもらったから」

「じゃあ……。ケーキの一件で貸し借りなしね。エアちゃんもそれでいい？」

ミリィさんが、私を抱きしめて提案してくれた。私が頷くと、「フィシスもいいわね？」とアンジーさんが確認するように聞き、フィシスさんも「わかったわ」と納得してくれた。

「じゃあ。エアちゃんの今日の報告を聞いてから、私たちは王都へ帰りましょ」

シシィさんに促されて、ステータスの戦闘情報を開いた。

はじまりの森
【討伐《とうばつ》モンスター】
ネズミ15
【ドロップアイテム】
ネズミの肉15／ネズミの皮15／ネズミの肝8／ネズミのシッポ15
ネズミの貴石8／地の魔石40／地の貴石8／地の輝石3／ガーネット30

大地の迷宮
【討伐《とうばつ》モンスター】
ネズミ348／ウサギ657／コッコ83／コカトリス1
【ドロップアイテム】
ネズミの肉348／ネズミの皮348／ネズミの肝193／ネズミのシッポ348
ネズミの貴石78／地の魔石1053／地の貴石728／地の輝石331／
ガーネット696
コカトリスの薬液1

ウサギの肉６５７／ウサギのツノ１３１４／ウサギのキバ４３８／
ウサギの皮５２２／ウサギの毛皮１３５
ウサギの魔石２０１／ウサギの貴石５／
地の魔石１８３１／地の貴石３０２／地の輝石１２７／ルビー１３１４
トリの肉
むね肉83／モモ肉１６６／ささみ１６６／せせり83／手羽先（手羽中含む）１６６／
手羽元１６６／皮83（そのほか砂肝・レバーなどあり）
トリのツノ36／トリの卵（無精卵）４００／コッコの羽毛《フェザー》９１８１９２グラム
トリの魔石51／トリの貴石17／地の魔石２５４／地の貴石39／地の輝石５／
ルビー21／ルベライト28／レッドスピネル34
軍鶏《シャモ》の肉
むね肉１／モモ肉２／ささみ２／せせり１／手羽先（手羽中含）２／手羽元２／皮１
コカトリスのツノ１／コカトリスの羽毛《フェザー》１２８６５９グラム
コカトリスの貴石１／地の輝石５／ルビー2

「まぁた……。エアちゃんったら、面白い物を拾っているんだから」

エリーさんが笑うと、フィシスさんも「本当に困った子ね」と苦笑する。

やはりドロップアイテムの数が問題なのか？　それとも種類だろうか？

「エリーさん。ウサギのキバなどを、ポンタくんに売りたいのですが……」

「そうだね。また魔物の魔石に魔物の貴石って……。さらにレア物がいっぱいあるわね。ポンタに売りたいアイテムのリストを送ってくれる？　それでポンタと交渉するわ」

「はい。……コカトリスってコッコよりも大きかったから気付かなかったんですけど、ツノありだったんですね。収納したらツノがあって驚きました」

私がそう言うと「ちょっと待ったー！」とエリーさんに止められてしまった。

アレ？　また問題発言をしてしまったのか？

「エアちゃん……。コカトリスはツノありだったのね？」

「はい」

「ほかのコッコより大きかったのね？」

「コッコの二倍……三倍、大きかったです」

私がそう言うと、エリーさんが深くため息を吐き出した。

「そうよね。エアちゃんは知らないから……。コカトリスも初めて見たんだし、わからなくても仕方がないわよね」

「エリーさん？」

「あのね。コカトリスはコッコよりは大きいけど、それでもせいぜい二回《ふたまわ》り大きいだけよ」

「私が見たのは三倍大きかったです。縦にも横にも奥行きも」

だから、ツノがあるなんてわからなかった。天井に近かったから見えなかったこともある。灯りは壁に沿って設置されているため、天井に近くなるに従って暗くて見辛いのも、ツノに気付けなかった理由だ。

私の言葉で、エリーさんは「エアちゃんは知らないんだから。私がイノシシの話を聞いた時に、ちゃんと説明しなきゃダメだったわ」と呟《つぶや》いている。


確かに、ツノあり、キバありの話をした時に少し説明をしてもらった。……でもそれだけだ。

「……エアちゃん。よっおーく！　聞いてね。ツノありでほかの魔物より大きなものは、その魔物の中でも知能が高くて強くて凶暴なのよ。一般的に『ジェネラル』か『ロード』と呼ばれる上位種なの。それが現れるってことは、魔物の大群の襲撃が近いということなの」

「……倒しちゃった」

「うん。倒して良かったのよ。ジェネラルを頭《かしら》とした斥候《せっこう》が戻らなければ襲撃は回避されるわ。ただ、大人しく引き下がるか、他国に移るかはわからないけど」

「……コッコもいなくなる？」

「それはないわ。大丈夫」

アンジーさんが、私が安心できるように背後から優しく抱きしめてくれる。アントの件を思い出したから、コッコがいなくなったらどうしようって考えていたのだ。

コッコから取れるトリの肉は、日本の鶏肉より低カロリーで美味《おい》しいのだ。焼き鳥やからあげを作りたいと思っているので、トリの肉がなくなるのは困る。

「コカトリスはコッコを操《あやつ》るけど、引き揚げるときは連れて行かないわ。自然の中ではコッコの繁殖力が高いから。ほぼ毎日産卵して、有精卵だったら二十日程度で孵化《ふか》する。六十日で大人になって産卵を始めるわ。そんなコッコを連れて戻ったら、あっという間にコッコ王国のでき上がりよ」

「私が回収したのはすべて無精卵でした」

「有精卵を見つけても孵化《ふか》させて飼いならそうなんて……。考えていたわね。この子は」

私の顔を見ながら説明してくれたフィシスさんは、私の考えに気付いて「やっちゃダメよ」と苦笑した。

「毎日産みたての卵で料理……したかったです」

背後から抱きしめてくれているアンジーさんも、頭を撫でながら「エアちゃんの好奇心は面白いわね。武器に魔力を纏《まと》わせてみたり、魔物相手に魔法で倒すなんてね。そうかと思えば、美味《おい》しい卵料理のために、コッコを飼いならそうと考えるんだもの」と笑っている。

「おかしい？」

「いいえ。面白い」

「面白いというより楽しいかしら？　ジャガイモ料理とかね。次は何をするのかって目が離せないわ」

「あ！　そういえばシェリアが言ってたけど、ジャガイモのレシピが好評らしいわよ。エアちゃんの宿で食べた人たちが、職場で広げたんですって。それで、今は新鮮な食材が不足しているから、ジャガイモのレシピで乗り切ろうって人が多いみたい」

「ジャガイモは、それだけなら蒸《ふか》して食べるくらいで、メインにはならなかったわね」

「今日は、アチコチでジャガイモ料理の晩ごはんになってるのね」

「でも、エアちゃんみたいに、上手く作れない家庭が多いんじゃないかしら？」

「コロッケ以外は簡単なんですけど……」

「あれで簡単？」

「だって。茹でて皮剥《む》いて潰して。切った野菜と混ぜるだけ。あとは切って粉をまぶして油で揚げるとか」

「そう聞くと簡単そうね」

多分、レシピを読んだだけでは難しく思えてしまうのだろう。……クッキング教室を開いたらどうだろう？　そこでレシピを実践する。それなら完成品の見た目もわかるだろうし。

「エアちゃん？　どうしたの？」

黙り込んだ私を心配したのだろう。フィシスさんが目の前まで這って来た。

「そういえば、みなさんはレシピを見てどう思いました？」

「どうって？」

「やっぱり難しそうって？」

「んー。私でも作れそうかな、かしら」

「私たちは完成品を見てるからね」

「だったら、シェリアさんの商人ギルドでお料理教室みたいなのは開けませんか？」

「それはどんなものなの？」

「ただレシピを売るだけでなく、購入した人を集めてどういう料理か作ってみるんです」

「ああ。確かに。エアちゃんが言ったみたいに簡単とわかるのは、実際に作った人だけよね」

「今までもレシピは購入したけど、作ったことがないって人もいるのではないでしょうか？」

「そうね。もしそれなら途中で作り方がわからなくなった人も、一度一緒に作ってみれば調理手順などもわかるから良いかもね」

「それが周りにクチコミで広がれば、レシピの購入も増えるわね。シェリアに話してみるわ」

「先生役には商人ギルドの職員がいいわね。エアちゃんみたいな冒険者を足止めする訳にはいかないもの」

「それに、こんな料理のレシピを探してるって言われた時に、これはどうですかってお薦めできますよ。実際に、私が作った料理はジャガイモ料理って皆さん知ってますよね」

「そうね。シェリアが実際に見て味見もしたから……って。アラ？　エアちゃんはそのために持ってきたんだったわね」

「はい。レシピって、見て考えるだけで断念する人って多いんですよ。実際にできたものを目にすれば、『こんな感じ』でけっこうできるものです」

「だったら、シェリアが実物を確認したエアちゃんのレシピでやってもらいましょう」

「おーい、お嬢さん方。そろそろ解散しないと、エアさんは水の迷宮に、ほかの方々は王都に。辿り着くのが遅れますよ」

キッカさんが笑顔で近付いてきた。冒険者さんたちも一緒だ。

「あら。すっかり忘れてたわ」

「……大丈夫ですか？」

「大丈夫よ、エアちゃん。証拠のコカトリスの殻があるし、ボンクラが詰め所で、卵はネズミに奪われたって自白してたから。それでエアちゃんが、ラスボスのドロップアイテムとして卵を取得したと知って私たちが駆けつけたことにするわ」

「まあ、知る前に駆けつけたけど。それ以外は事実だからね」

「じゃあラスボスのドロップアイテムになっている可能性があったけど、連絡が取れなかったから直接駆けつけたではいけませんか？　それだったらウソではないですよね。実際、迷宮から出たところで再会できたし、コカトリスをよく知らない私は、コッコの大きいものとしか思っていなかったから食べられるのかなと思ってたし」

「そうね。きっとそれが一番良いわね。何一つウソをついていないし」

「もし、誰かが鑑定を受けることになっても、ウソじゃないから問題はないわ」

「それ以前の問題。私がいるから、鑑定は受けない」

エリーさんが言うと、全員が「そうね」と同意した。

「エアちゃん。エリーが鑑定スキルを持っているのは知ってるわね？」

ミリィさんに言われて頷くと、「鑑定できる人はここまでの話は嘘か真《まこと》かと問われた時に嘘は吐《つ》けないと言われているわ」と教えてくれた。

「言われているだけだ。正確には、鑑定士として契約した相手の問いに真実を述べるだけで、誰にでも真実を言うわけではない」

「それを知らない人が多いのよね。鑑定士本人でも、そのことを知らない人がいるくらいだもの」

「王都では知られていない」

「それを悪用してるでしょ」

「利用しているだけだ」

「ね。心配しなくても大丈夫でしょ」

フィシスさんとエリーさんのやり取りを聞いていたら、ミリィさんが抱きしめてきた。

「でも……王都へ戻るのが遅くなったら、せっかくの言い訳が通用しなくなりませんか？」

そう。今の時刻はまもなく十九時だ。しかし、そちらはキッカさんが対処してくれていた。

「一応、詰め所にはコカトリスの卵の回収、及び焼却済み。卵の入手時の説明をしてもらい、現在帰還に向けて処理中と伝えてあります」

「あら。ありがとう」

「そうね。じゃあ私たちは戻りましょ」

「エアちゃん。ちゃんと気を付けて帰ってくるのよ」

「無理して早く帰ってこようとしちゃダメよ。ちゃんと安全優先でね」

「今日も、一階か二階の広場で休むのよ。『水の迷宮』は初心者向けだけど、地下五十階まであるから……。無理だと思ったら、すぐに連絡しなさい」

「水の迷宮もそうだけど、十階層以上のダンジョンには、広場に緊急脱出用の転移石が用意されているわ。もし無くても、広場にいてくれれば、必ず迎えに行くからね」

「ですから。王都帰還組は帰りますよ！」

「ミリィ隊長！　いつまでエアさんを抱きしめているんですか！　さあ、手を離して。隊長たちはまだ王都で仕事があるんですから！　シシィ隊長！　エアさんは王都へ連れて帰れませんからねアンジー隊長！　いつまで後ろから抱きついているんですか！　いい加減、離しなさい！　フィシス隊長！　帰る前にもう一度はありません！　朝、十分抱きしめていたでしょ！　ほら！　行きますよ！」

キッカさんたちは、自分の元隊長を促しています。このために、ついて来たのでしょうか。

「エアちゃん。一つだけ約束。何かあったら連絡。それだけは守って」

「はい。わかりました」

「エリー、行くわよ」

「ああ。じゃあ、気を付けて行っておいで」

「はい」

エリーさんは、ミリィさんたちがいる馬車に乗り込んだ。本では、『馬車は魔法で軽量化されているため、馬は一頭もしくは二頭引きと書いてあった。皆さんが乗り込んでいる幌馬車は、乗合馬車と同じ二十人乗りだが、キッカさんたち用なのだろうか。座席は取り払われていた。

午前も、この馬車で少年たちの保護に来たのだろう。

「皆さん。ここまで来てくれて、ありがとうございました」

そう言ってお辞儀をすると、「エアちゃ～ん！　いつまでも待ってるからね～」というミリィさんと「何年会えないつもりですか！」というキッカさんのツッコミが聞こえて、思わず笑顔になった。

冒険者さんたちも、「お気を付けてー！」と手を振ってくれた。

これから先、私は自分のペースで生きていく。冒険者としてだけでなく、何か好きなことをしながら。

そして、色々なことを知ろう。この世界を私の感情だけで壊す気にはなれないくらい、たくさんの人たちと触れ合いたい。

この世界で「私らしいシアワセ」を見つけるために生きていこう。

私は勝手に生きていくから。

だから……私を放っておいて。

RC Regina COMICS
自称
悪役令嬢な
婚約者の
観察記録。
1~4
シリーズ累計
35万部
突破!!
(電子含む)
原作=しき
Presented by Shiki &
Natsume Hasumi
漫画=蓮見ナツメ
アルファポリスWebサイトにて
好評連載中!!
自称 悪役令嬢な 婚約者の 観察記録。
原作 しき
漫画 蓮見ナツメ
35万部突破!!
ついにギャフンされる時が…って、どうして
プロポーズされてますの!?
アルファポリス
大好評発売中!!
異色のラブ(?)ファンタジー
待望のコミカライズ!
優秀すぎて人生イージーモードな王太子セシル。そんなある日、侯爵令嬢バーティアと婚約したところ、突然、おかしなことを言われてしまう。
「セシル殿下! 私は悪役令嬢ですの!!」
……バーティア曰《いわ》く、彼女には前世の記憶があり、ここは『乙女ゲーム』の世界で、彼女はセシルとヒロインの仲を引き裂く『悪役令嬢』なのだという。立派な悪役になって婚約破棄されることを目標に突っ走るバーティアは、退屈なセシルの日々に次々と騒動を巻き起こし始めて――?
アルファポリス 漫画
検索
B6判 / 各定価:本体680円+税

Regina COMICS
大好評発売中！
訳あり悪役令嬢は婚約破棄後の人生を自由に生きる
1~3
原作 Mitsubi Uduki 卯月みつび
漫画 Ichino Tomizuki 冨月一乃
アルファポリスWebサイトにて
好評連載中！
ものぐさ令嬢の奮闘ファンタジー
待望のコミカライズ！
とある理由から、王子との婚約解消を目指していた公爵令嬢レティシア。努力が実を結び、見事（？）婚約破棄を言い渡され一件落着……と思いきや、その直後、彼女に前世の記憶が蘇った！　看護師として忙しく働いていた前世の分も、今世では大好きなお酒を飲んでのんびり過ごしたい。そんな思いから田舎暮らしを始めようとしたけれど、なぜか次から次へとトラブルが舞い込んできて——!?
新天地で腹黒ライバル登場!?
悪役令嬢の幸せを壊すヒロインに容赦はいたしません！
アルファポリス 漫画
検索
RC判／各定価：本体680円＋税

この作品に対する皆様のご意見・ご感想をお待ちしております。

おハガキ・お手紙は以下の宛先にお送りください。

【宛先】

〒150-6008 東京都渋谷区恵比寿 4-20-3 恵比寿ｶﾞｰﾃﾞﾝﾌﾟﾚｲｽﾀﾜｰ 8F
（株）アルファポリス　書籍感想係

メールフォームでのご意見・ご感想は右のＱＲコードから、
あるいは以下のワードで検索をかけてください。

アルファポリス　書籍の感想　検索

ご感想はこちらから

本書は、Web サイト「アルファポリス」（https://www.alphapolis.co.jp/）に掲載されていたものを、改題、改稿、加筆のうえ、書籍化したものです。

私《わたし》は聖女《せいじょ》ではないですか。じゃあ勝手《かって》にするので放《ほ》っといてください。

アーエル

2020年 8月 5日初版発行

編集－桐田千帆・宮田可南子
編集長－太田鉄平
発行者－梶本雄介
発行所－株式会社アルファポリス
〒150-6008 東京都渋谷区恵比寿4-20-3 恵比寿ｶﾞｰﾃﾞﾝﾌﾟﾚｲｽﾀﾜｰ8F
TEL 03-6277-1601（営業） 03-6277-1602（編集）
URL https://www.alphapolis.co.jp/
発売元－株式会社星雲社（共同出版社・流通責任出版社）
〒112-0005 東京都文京区水道1-3-30
TEL 03-3868-3275
装丁・本文イラスト－八美☆わん
装丁デザイン－AFTERGLOW
（レーベルフォーマットデザイン－ansyyqdesign）
印刷－図書印刷株式会社

価格はカバーに表示されてあります。

落丁乱丁の場合はアルファポリスまでご連絡ください。

送料は小社負担でお取り替えします。


ISBN978-4-434-27639-2 C0093